W0069618

Tom Pauls

Eiserne Ration
für fichilante Sachsen

Geschichten und Gedichte,
die jeder kennen sollte

Hohenheim Verlag
Stuttgart · Leipzig

Dieses Buch ist der 2. Band einer Reihe, in der die intellektuelle Grundausstattung und damit das durchaus unterschied-
liche Bildungsgut deutscher Länder und Regionen in Erinne-
rung gerufen werden soll. Die Reihe geht auf eine Idee des
Historikers und Schriftstellers Gerhard Raff zurück, dem dabei gleichsam eine »papierne Arche Noah« vorschwebt. Er
hat auch den 1. Band herausgegeben, der 2003 unter dem
Titel »Eiserne Ration für furchtlose und treue Württember-
ger« erschienen ist.

2. Auflage 2011

© 2010 Hohenheim Verlag GmbH, Stuttgart · Leipzig
Alle Rechte vorbehalten
Satz: Satz & mehr, Besigheim
Druck und Bindearbeiten:
CPI Moravia Books GmbH, Korneuburg
Printed in Austria

ISBN 978-3-89850-207-8

Hohenheim

Inhaltsverzeichnis

Über Berg und Tal

Literarisches Kaleidoskop

Sächsisches Allerlei

Die meisten der vierzig Autoren dieser Sammlung sind gebürtige Sachsen oder hier aufgewachsen. Bei den anderen wird jeweils am Schluß ihrer Texte bis auf wenige Ausnahmen vermerkt, welche Verbindung sie zu Sachsen haben oder hatten.

Tom Pauls

Wie Sachsen sind

Wer nicht weiß, woher er kommt, kann nicht wissen, wohin er geht, heißt ein Sprichwort. Sachsen ist mein Zuhause, aus dem ich stamme – und je weiter ich mich davon entferne, bei Theatergastspielen zum Beispiel, desto größer wird die Sehnsucht zurückzukehren. Ich denke, es geht den meisten Menschen hierzulande so – ob sie nun aus Dresden oder Leipzig kommen, aus Plauen im Vogtland oder aus Zwickau, aus Chemnitz, aus dem Erzgebirge, aus Torgau, aus dem Oberen Elbtal oder aus der Lausitz. Spätestens in der Fremde wissen wir unsere Heimat zu schätzen. So unterschiedlich sich die Orte und Landschaften zwischen Weißer Elster und Neiße, zwischen Dübener Heide und Fichtelberg auch darstellen – uns verbindet eine wichtige Tatsache: Sie und ich – wir sind Sachsen!

Sachse zu sein, gleicht einer Weltanschauung. Sie wird geprägt durch eine tiefe Liebe zur Landschaft und durch eine starke Heimatverbundenheit, wie sie mit dieser Kraft eben nicht in allen Gegenden Deutschlands zu finden ist.

Denn tief im Herzen sind wir Sachsen unendlich romantisch. Wir sind Träumer. Es gibt da dieses berühmte Gemälde, in das ich mich manchmal hinein wünsche. Es zeigt einen Herrn im Gehrock, den Rücken zum Betrachter gekehrt. Der Mann steht auf einem Felsvorsprung in der Sächsischen Schweiz und blickt in die Weiten des Elbsandsteingebirges. »Wanderer im Nebelmeer« heißt dieses Bild von Caspar David Friedrich. Wenn ich mich in diesem Gemälde sehe, versinke ich in jener bizarren Welt aus verschlungenen, spitzen Felsen, wallenden Wolken und leuchtendem Himmel. Ich verschmelze mit der Natur, der Wind streicht über das Gesicht, durch die Haare – ein Traum!

Dieses sächsische Gebirge spiegelt für mich die menschliche Seele wider. Es gibt dort die dunklen, düsteren, kalten Abgründe und zugleich, manchmal nur ein paar Schritte davon entfernt, die erhabenen Höhen und Ausblicke über diese kalten Tiefen hinweg. Das ist der Romantiker in uns Sachsen.

Im Kopf jedoch sind wir rational und der Vernunft verpflichtet. Der sächsische Geist mag es praktisch, und er tüftelt unentwegt an der Vereinfachung des Alltags. Die Sachsen dürfen sich so großartige Erfindungen zuschreiben wie den BH, der von einer Dresdnerin im Jahr 1899 unter dem Namen »Brustträger« zum Patent angemeldet wurde. Teebeutel, Bierdeckel, Filtertüte, Kleinbildkamera und Mundwasser gehen ebenfalls auf den Einfallsreichtum der Sachsen zurück.

Auch das Sinnliche, das Schöne trieb die Menschen hierzulande stets voran. Meissener Porzellan, Uhren aus Glashütte oder Dresdner Stollen gehören zu den sächsischen Luxusgütern, die in der Welt etwas gelten. Ratio und Romantik sind die beiden Kräfte, die in uns walten. So gesehen ist der Sachse *an* und *in* sich ein einziger Widerspruch: Die Seele will nur das Schöne und sich darin verlieren. Der Kopf bedenkt stets den stets zu hohen Preis dafür. Oder eben auch nicht.

Denn die sächsische Geschichte ist voller Exempel dafür, wie uns der Drang zu Höherem oft genug aufs falsche Pferd setzen ließ. August der Starke verpraßte kursächsisches Geld, um an die polnische Krone zu kommen. In Kriegen agierte er dennoch oft glücklos, träumte von der Kaiserkrone, die seine Dynastie niemals errang. Und im Ursprungsland der Reformation wechselte der barocke Herrscher nur um der Macht willen zurück zur Papstkirche.

Noch ein Beispiel für den irrenden Sachsen: Ein gelernter Tischler aus Leipzig wollte im 20. Jahrhundert als Staatsmann die Weltrevolution mit vollenden. Walter Ulbricht, der Spitzbart, tat seinen sächsischen Landsleuten damit keinerlei Gefallen – weder was die Popularität der Mundart noch was die Absicht und Umsetzung von Bauvorhaben anging.

Bei Lichte betrachtet spielte Sachsen bereits seit dem Dreißigjährigen Krieg kaum mehr eine Rolle. Aber kulturell gab es nicht selten großartig den Ton an – im ganz wörtlichen Sinne beispielsweise durch Robert Schumann oder Richard Wagner, deren sächsische Seele sich meiner Überzeugung nach in den Werken beider Komponisten wiederfindet. Sachsen lockte zudem stets Bewunderer an, die sich durch Geist und Gegend inspirieren ließen.

Die größte Erfindung der Sachsen aber ist ihre Sprache, allen Unkenrufen zum Trotz! Denn kein Sachse ist ohne seinen Dialekt zu haben! Das Sächsische gehört dazu wie die hiesige Landschaft, die sich oft lieblich, sanft, hügelig, auch bergig und erhaben, aber niemals schroff oder abweisend zeigt. Viele Deutsche haben leider vergessen, daß die sächsische Kanzleisprache, auch *Meißner Kanzleideutsch* genannt, von Martin Luther maßgeblich für seine Bibelübersetzung heran gezogen wurde. Seit fünfhundert Jahren prägt also unser Sächsisch das Hochdeutsche – und das Sächsische brachte endlich Ordnung und eine gefällige Norm in die bis dato wirre und gelegentlich unverständliche Welt des geschriebenen Wortes.

Der Sachse ist also auch ein Mensch, der es geregelt liebt und den geordneten Gang der Dinge mag. Gemüt und Gemütlichkeit basieren darauf. Doch wehe wir Sachsen werden aus dem Takt gebracht und – sei es nur, weil sich jemand über – unseren Dialekt belustigt!

»Wir sinn nich so gemiedlich wie wir schbrechen«, reimt der gebürtige Dresdner Erich Kästner auf Sächsisch: »Wir hamm, wenns sein muß, Dinnamit im Bluhd.« Ja, es brodelt bisweilen mächtig unter der Oberfläche des harmoniesüchtigen Sachsen: Wir können alles – auch zuschlagen! Dies sei nur der Vollständigkeit wegen einmal erwähnt. Doch unser Wesen wird letztlich bestimmt durch das Milde, das Weiche, aufs Versöhnen und Vertragen bedachte. Weniger charmant gesagt: Wir leiden bisweilen daran, konfliktscheu zu sein, uns zu defensiv zu geben und zu nachgiebig zu agieren, mitunter bis hin zur Selbstaufgabe.

Sachsens letzter König ist ein berühmtes Beispiel dafür. Kampflos dankte er ab und soll dabei den legendären Satz gesprochen haben: »Dann macht doch Euern Drägg alleene!« (s. S. 53) Harte Auseinandersetzungen führen, Durchsetzungsvermögen zeigen, konfliktfähig sein – das wird dem Sachsen nicht gerade als Eigenschaft in die Wiege gelegt. Er muß es sich erst in der Welt antrainieren. Deshalb mein Rat: Wer etwas werden möchte, sollte Sachsen verlassen – und wer etwas bleiben will, der muß zurück kommen, und sei es nur im Geiste. Denn ein Sachse bleibt immer ein Sachse!

Wozu dieses Buch? *Wenn ein alter Mensch stirbt, verbrennt eine ganze Bibliothek,* lautet eine alte Weisheit. Nun kann diese Sammlung gewiß keinen Menschen und auch keine Bibliothek ersetzen. Sie ist vielmehr meine kleine literarische Auswahl, die ich nach ganz eigenen Vorlieben getroffen habe. Sie wirft in Geschichten, heiteren Gedichten und selbstverständlich auch kritischen Gedanken ein Licht auf uns Sachsen. Wer kein Sachse ist, kann es immer noch werden!

Prolog

Theodor Fontane

Sachsen, Bayern und Preußen

Daß die Sachsen sind, was sie sind, verdanken sie nicht ihrer »Gemütlichkeit«, sondern ihrer Energie. Dies Energische hat einen Beisatz von krankhafter Nervosität, ist aber trotzdem als Lebens- und Kraftäußerung größer als bei irgendeinem anderen deutschen Stamm, selbst die Bayern nicht ausgenommen; die bayrische Energie ist nur derber. Die Sachsen sind überhaupt in ihrem ganzen Tun und Wesen noch lange nicht in der Arbeit überholt, wie man sich's hierzulande so vielfach einbildet. Und das hat seinen guten Grund, daß von ihrem »Überholtsein« keine Rede sein kann. *Sie* sind die Überlegenen, und ihre Kulturüberlegenheit wurzelt in ihrer Bildungsüberlegenheit, die nicht vom neuesten Datum, sondern fast vierhundert Jahre alt ist. Das gibt dann, auch im erbittertsten Kampfe der Interessen und Ideen, immer einen Regulator.

Der sächsische Großstadtbürger ist sehr bourgeoishaft, der sächsische Adel sehr dünkelhaft – viel dünkelhafter als das Junkertum, das eigentlich einen flotten, fidelen Zug hat –, und der sächsische Hof ist katholisch, was doch immerhin eine Scheidewand zieht, aber alle drei sind durch ihr hohes Bildungsmaß vor Fehlern geschützt, wie sie sich in anderen Landen, ganz besonders aber im Altpreußischen, sehr hochgradig vorfinden. Alles, was zur Oberschicht der sächsischen Gesellschaft gehört, auch *die*, die Fortschritt und Sozialdemokratie mit Feuer und Schwert bekämpfen möchten – viel rücksichtsloser, als es in Preußen geschieht –, alle haben mitten im Kampf die neue Zeit begriffen, während die tonangebenden Kreise der ostelbischen Provinzen die neue Zeit *nicht* begriffen haben.

Theodor Fontane (1819–1898) war von 1841 bis 1843 Apothekergehilfe in Leipzig und Dresden.

Geschichte und Geschichten

Erich Kästner

Die Entwicklung der Menschheit

Einst haben die Kerls auf den Bäumen gehockt,
behaart und mit böser Visage.
Dann hat man sie aus dem Urwald gelockt
und die Welt asphaltiert und aufgestockt,
bis zur dreißigsten Etage.

Da saßen sie nun, den Flöhen entflohn,
in zentralgeheizten Räumen.
Da sitzen sie nun am Telefon.
Und es herrscht noch genau derselbe Ton
wie seinerzeit auf den Bäumen.

Sie hören weit. Sie sehen fern.
Sie sind mit dem Weltall in Fühlung.
Sie putzen die Zähne. Sie atmen modern.
Die Erde ist ein gebildeter Stern
mit sehr viel Wasserspülung.

Sie schießen die Briefschaften durch ein Rohr.

Sie jagen und züchten Mikroben.
Sie versehn die Natur mit allem Komfort.
Sie fliegen steil in den Himmel empor
und bleiben zwei Wochen oben.

Was ihre Verdauung übrigläßt,
das verarbeiten sie zu Watte.
Sie spalten Atome. Sie heilen Inzest.
Und sie stellen durch Stiluntersuchungen fest,
daß Cäsar Plattfüße hatte.

So haben sie mit dem Kopf und dem Mund
den Fortschritt der Menschheit geschaffen.
Doch davon mal abgesehen und
bei Lichte betrachtet sind sie im Grund
noch immer die alten Affen.

Klaus Keßler

Der Prinzenraub

Daß es Kidnapping in Deutschland schon vor fünf-
einhalb Jahrhunderten gab, demonstriert der Prinzenraub von Altenburg. Er galt früher als berühm-
testes Ereignis der älteren sächsischen Geschichte,
was beweist, daß Kindesentführungen damals nicht
so häufig waren wie heute. Allerdings hat es sich bei
den entführten Jungen, dem vierzehnjährigen Ernst
und dem elfjährigen Albrecht, um Söhne des Kur-
fürsten Friedrich von Sachsen, also um prominente
Opfer gehandelt. Sie wurden in der Nacht vom 7.
zum 8. Juli 1455 mit Hilfe eines Küchenjungen in
Abwesenheit ihres Vaters aus dem Altenburger
Schloß entführt, weil sich der Amtmann Kunz von
Kauffungen von seinem Fürsten ungerecht behan-
delt fühlte.

Er und zwei andere Ritter wollten mit den Kindern nach Böhmen fliehen, scheiterten aber bei
Grünstädtel und Hartenstein im Erzgebirge. Kauffungen ist am 8. Juli am Fürstenberg von dem
Köhler Georg Schmidt überwältigt und schon eine
Woche später ohne Prozeß in Freiberg hingerichtet
worden. Er hatte den jüngeren Prinzen dabei, der so
befreit wurde. Seine Helfer ließen daraufhin am 11.
Juli den in der Teufelskluft bei der Burg Stein ver-

borgenen älteren Prinzen nach dreitägiger Gefangenschaft gegen die Zusicherung von Straffreiheit laufen. Die Kluft heißt seitdem Prinzenhöhle.

Ernst und Albrecht teilten 1485 in Leipzig ihren bis dahin gemeinsamen Besitz. Ernst wurde der Stammvater der ernestinischen Linie der Wettiner, die bis 1910 in Portugal, bis 1918 in Thüringen und bis 1945/46 in Bulgarien regierte und heute noch in Belgien und Großbritannien auf dem Thron sitzt. Albrecht begründete die albertinische Linie, aus der bis 1918 die Könige von Sachsen kamen und die bis 1763 auch zwei Könige von Polen gestellt hat; die von den Großmächten angeregte Kandidatur des Prinzen (und späteren Königs) Johann für den wackligen Thron von Griechenland war von Dresden 1832 ausgeschlagen worden.

Martin Luther

Ein feste Burg

Ein feste Burg ist unser Gott,
Ein gute Wehr und Waffen.
Er hilft uns frei aus aller Not,
Die uns jetzt hat betroffen.
Der alt böse Feind,
Mit Ernst er's jetzt meint.
Groß Macht und viel List
Sein grausam Rüstung ist.
Auf Erd ist nicht seinsgleichen.

Mit unsrer Macht ist nichts getan.
Wir sind gar bald verloren.
Es streit't für uns der rechte Mann,
Den Gott hat selbst erkoren.
Fragst du, wer der ist?
Er heißt Jesus Christ,
Der Herr Zebaoth,
Und ist kein andrer Gott.
Das Feld muß er behalten.

Und wenn die Welt voll Teufel wär
Und wollt uns gar verschlingen,
So fürchten wir uns nicht so sehr,
Es soll uns doch gelingen.

Der Fürst dieser Welt,
Wie sau'r er sich stellt,
Tut er uns doch nicht.
Das macht, er ist gericht':
Ein Wörtlein kann ihn fällen.

Das Wort sie sollen lassen stahn
Und kein' Dank dazu haben.
Er ist bei uns wohl auf dem Plan
Mit seinem Geist und Gaben.
Nehmen sie den Leib,
Gut, Ehr, Kind und Weib,
Laß fahren dahin.
Sie haben's kein Gewinn.
Das Reich muß uns doch bleiben.

Heinrich von Kleist

Michael Kohlhaas

An den Ufern der Havel lebte um die Mitte des sechzehnten Jahrhunderts ein Roßhändler namens Michael Kohlhaas, Sohn eines Schulmeisters, einer der rechtschaffensten zugleich und entsetzlichsten Menschen seiner Zeit. Dieser außerordentliche Mann würde bis in sein dreißigstes Jahr für das Muster eines guten Staatsbürgers habe gelten können. Er besaß in einem Dorf, das noch von ihm den Namen führt, einen Meierhof, auf welchem er sich durch sein Gewerbe ruhig ernährte; die Kinder, die ihm sein Weib schenkte, erzog er in der Furcht Gottes zur Arbeitsamkeit und Treue; nicht einer war unter seinen Nachbarn, der sich nicht seiner Wohltätigkeit oder seiner Gerechtigkeit erfreut hätte; kurz, die Welt würde sein Andenken habe segnen müssen, wenn er in einer Tugend nicht ausgeschweift hätte. Das Rechtsgefühl aber machte ihn zum Räuber und Mörder.

Er ritt einst mit einer Koppel junger Pferde, wohlgenährt alle und glänzend, ins Ausland, und überschlug eben, wie er den Gewinn, den er auf den Märkten damit zu machen hoffte, anlegen wollte, teils nach Art guter Wirte auf neuen Gewinn, teils aber auch auf den Genuß der Gegenwart: als er an die Elbe kam und bei einer stattlichen Ritterburg auf sächsischem Gebiet einen Schlagbaum traf, den er sonst auf diesem Wege nicht gefunden hatte. Er hielt in einem Augenblick, da eben der Regen heftig stürmte, mit den Pferden still, und rief den Schlagwärter, der auch bald darauf mit einem grämlichen Gesicht aus dem Fenster sah. Der Roßhändler sagte, daß er ihm öffnen solle.

»Was gibt's hier Neues?« fragte er, da der Zöllner nach einer geraumen Zeit aus dem Hause trat. »Landesherrliches Privilegium«, antwortete dieser, indem er aufschloß: »dem Junker Wenzel von Tronka verliehen.« – »So«, sagte Kohlhaas. »Wenzel heißt der Junker?« und sah sich das Schloß an, das mit glänzenden Zinnen über das Feld blickte »Ist der alte Herr tot?« – »Am Schlagfuß gestorben«, erwiderte der Zöllner, indem er den Baum in die Höhe ließ. »Hm! Schade!« versetzte Kohlhaas. »Ein würdiger alter Herr, der seine Freude am Verkehr der Menschen hatte, Handel und Wandel, wo er nur vermochte, forthalf, und einen Steindamm einst bauen ließ, weil mir eine Stute draußen, wo der Weg ins Dorf geht, das Bein gebrochen. Nun! Was bin ich schuldig?« – fragte er und holte die Groschen, die der Zollwärter verlangte, mühselig unter dem im Winde flatternden Mantel hervor. »Ja Alter«, setzte er noch hinzu, da dieser »Hurtig! Hurtig!« murmelte und über die Witterung fluchte:

»Wenn der Baum im Walde stehen geblieben wäre, wär's besser gewesen, für mich und Euch«; und damit gab er ihm das Geld und wollte reiten.

Er war aber noch kaum unter den Schlagbaum gekommen, als eine neue Stimme schon: »Halt dort, der Roßkamm!« hinter ihm vom Turm erscholl, und er den Burgvogt ein Fenster zuwerfen und zu ihm herabeilen sah. »Nun, was gibt's Neues?« fragte Kohhaas bei sich selbst und hielt mit den Pferden an. Der Burgvogt, indem er sich noch eine Weste über seinen weitläufigen Leib zuknöpfte, kam und fragte, schief gegen die Witterung gestellt, nach dem Paß- schein. – Kohlhaas fragte: »Der Paßschein?« Er sagte ein wenig betreten, daß er, soviel er wisse, keinen habe; daß man ihm aber nur beschreiben möchte, was dies für ein Ding des Herrn sei, so werde er vielleicht zufälligerweise damit versehen sein.

Der Schloßvogt, indem er ihn von der Seite an- sah, versetzte, daß ohne einen landesherrlichen Er- laubnisschein kein Roßkamm mit Pferden über die Grenze gelassen würde. Der Roßkamm versicherte, daß er siebzehn Mal in seinem Leben ohne einen solchen Schein über die Grenze gezogen sei; daß er alle landesherrlichen Verfügungen, die sein Gewer- be angingen, genau kennte; daß dies wohl nur ein Irrtum sein würde, wegen dessen er sich zu beden- ken bitte, und daß man ihn, da seine Tagesreise lang sei, nicht länger unnützerweise hier aufhalten möge. Doch der Vogt erwiderte, daß er das achtzehnte Mal nicht durchschlüpfen würde, daß die Verordnung deshalb erst neuerlich erschienen wäre und daß er entweder den Paßschein noch hier lösen oder zurückkehren müsse, wo er hergekommen sei.

Der Roßhändler, den diese ungesetzlichen Erpressungen zu erbittern anfingen, stieg nach einer kurzen Besinnung vom Pferde, gab es einem Knecht und sagte, daß er den Junker von Tronka selbst darüber sprechen würde. Er ging auch auf die Burg; der Vogt folgte ihm, indem er von filzigen Geldraffern und nützlichen Aderlässen derselben murmelte; und beide traten, mit ihren Blicken einander messend, in den Saal. Es traf sich, daß der Junker eben mit einigen muntern Freunden beim Becher saß und um eines Schwanks willen ein unendliches Gelächter unter ihnen erscholl, als Kohlhaas, um seine Beschwerde anzubringen, sich nähert. Der Junker fragte, was er wolle; die Ritter, als sie den fremden Mann erblickten, wurden still; doch kaum hatte dieser sein Gesuch, die Pferde betreffend, angefangen, als der ganze Troß schon: »Pferde? Wo sind sie?« ausrief und an die Fenster eilte, um sie zu betrachten ...

Das erste Viertel der Novelle »Michael Kohlhaas« erschien 1808 in der Zeitschrift »Phöbus«, die Heinrich von Kleist (1777-1811) in Dresden mit herausgegeben hat.

Paul Fleming

An sich

Sei dennoch unverzagt. Gib dennoch unverloren,
Weich keinem Glücke nicht. Steh höher als der
Neid.
Vergnüge dich an dir, und acht es für kein Leid,
Hat sich gleich wider dich Glück, Ort und Zeit
verschworen.

Was dich betrübt und labt, halt alles für erkoren,
Nimm dein Verhängnis an. Laß alles unbereut.
Tu, was getan muß sein, und eh man dir's gebeut.
Was du noch hoffen kannst, das wird doch stets
geboren.

Was klagt, was lobt man doch? Sein Unglück und
sein Glücke
Ist ihm ein jeder selbst. Schau alle Sachen an.
Dies alles ist in dir. Laß deinen eitlen Wahn,

Und eh du förder gehst, so geh in dich zurücke.
Wer sein selbst Meister ist und sich beherrschen
kann,
Dem ist die weite Welt und alles untertan.

*Paul Fleming (1609–1640), einer der bedeutend-
sten Dichter des Barock, wurde in Hartenstein bei
Zwickau geboren.*

Karl Hermann Weck

Wie stark war König August wirklich?

Er war wohl nicht eigentlich das, was man gemeinhin unter einem schönen Mann versteht. Aber mit seinem dunklen Haar, seinen buschigen Augenbrauen, seinem großen sinnlichen Mund und der für die Wettiner typischen langen Nase wirkte er, glaubt man den Augenzeugen und betrachtet man seine Portraits, überaus männlich. Das wurde auch durch seine Körperlänge unterstrichen; nach heutigen Maßstäben nur mittelgroß, überragte er mit 176 cm die meisten seiner Zeitgenossen. Kurzum, August der Starke ist eine imponierende Erscheinung gewesen, die selbst ohne Königskrone und Kurhut Erfolg bei Frauen gehabt hätte.

War er auch wirklich stark, wie sein Beiname unterstellt, den er als einziger deutscher Fürst führt? Viele Schilderungen seiner unerhörten Körperkraft stammen sicher ebenso aus dem Reich der Fabel wie die Gerüchte über seine angeblich unzähligen Kinder. Dennoch gibt es nicht nur verbürgte Erzählungen über seine athletischen Kunststücke und seine offenbar unversiegliche Potenz, sondern auch einige handfeste Beweise in Form von zerbrochenen Hufeisen, zusammengerollten Silbertellern, zerdrückten Metallbechern – sowie acht unehelichen Töchtern und Söhnen. Da er sich fast jedes Frühjahr im Dresdner Zeughaus wiegen ließ, wissen wir zudem, was er gewogen hat: als 42jähriger 1712 121,4 Kilo, als 60jähriger 1730 106,5 Kilo. Stark war er also in mehrfacher Hinsicht!

Augusts Beiname (der erst nach seinem Tode in Mode kam) meint aber noch etwas anderes, was mit Kraft, Potenz und Gewicht nichts zu tun hat. Denn er beeindruckte darüber hinaus durch seinen Griff nach der polnischen Krone, durch seine nur von Ludwig XIV. in Versailles übertroffene Prachtentfaltung, durch seinen großen Kunstverstand und, was oft vergessen wird, durch seine weitschauende Wirtschaftspolitik. Nicht allein Dresdens Zwinger, seine Gemäldegalerie und sein Grünes Gewölbe, das Meißener Porzellan und die (freilich aus ganz anderen Quellen gespeiste) Musik Johann Sebastian Bachs gehören zum Augusteischen Zeitalter – auch die Leipziger Messe, der Bergbau und die vielen Manufakturen, die den Wohlstand des Landes begründeten, sind unter ihm aufgeblüht.

Daß hier die bleibende Lebensleistung des Königs liegt, ist lange übersehen worden, weil Friedrich II. von Preußen, seine Schwester Wilhelmine von Brandenburg-Bayreuth und in ihrem Gefolge sowohl von den konkurrierenden Hohenzollern als auch vom sittenstrengen Protestantismus inspirierte

Historiker das Bild August des Starken verzerrt und verdunkelt haben.

Tatsächlich war der König der Inbegriff eines genußsüchtigen Barockfürsten mit all seinen Vorzügen und Lastern, kein braver Hausvater und Tugendbold, der konsequent seine politischen Ziele durchzusetzen versuchte. Phantasiebegabt bis hin zu utopischen Vorstellungen, sprunghaft mit einem Zug ins Mißtrauische, kultiviert und unmoralisch, eher Taktiker als Stratege wollte er immer mehr, als er erreichen konnte. Aus ihm einen großen König zu machen, wäre nicht gerechtfertigt; da er jedoch kein mittelmäßiger, sondern ein weit über den Durchschnitt herausragender Herrscher war, wurde aus ihm eben ein starker – seiner Kraft, seiner Potenz, seines Gewichts *und* seiner Bedeutung wegen.

Mit Kurfürst Friedrich dem Weisen, dem Beschützer Luthers, Kurfürst Moritz, einem Gegenspieler Kaiser Karls V., dessen »Vater August« genannten Bruder, Großherzog Carl August, dem Freund Goethes, dem belgischen König Leopold I. und dem britischen Prinzgemahl Albert, dem politisch sehr einflußreichen Ehemann der Queen Victoria und Stammvater des heutigen Hauses Windsor, haben die Wettiner weitere bedeutende Fürsten hervorgebracht, doch ist keiner so populär geworden wie August der Starke – allenfalls Sachsens letzter und auch schon legendärer König Friedrich August III.

Die Popularität August des Starken läßt sich in der deutschen Geschichte nur mit der Ottos des Großen, Friedrich Barbarossas, Heinrichs des Löwen, der heiligen Elisabeth, Liselottes von der Pfalz, des Prinzen Eugen, des alten Fritz, Maria Theresias, der Königin Luise und, wenn auch in diesem Fall aus anderen Gründen, mit der des Bayern-Königs Ludwig II. vergleichen. Viele Züge, die Augusts Popularität ausmachen, erklären sich aus seiner Vitalität, deren mögliche Ursprünge erst kurz vor dem Zweiten Weltkrieg aufgespürt wurden. Kein deutscher Fürst, so fand der Historiker Erich Brandenburg 1937 heraus, hat so viel polnisches Blut in seinen Adern gehabt wie dieser erste König aus der Dynastie der Wettiner: Nicht weniger als 15,3 Prozent der 8191 urkundlich belegten Ahnen des Königs gehörten zu den Herrscherhäusern der Piasten und Jagellonen des großen Landes zwischen Deutschland und Rußland.

Theodor Körner

Lützows wilde Jagd

Was glänzt dort vom Walde im Sonnenschein?
Hör's näher und näher brausen.
Es zieht sich herunter in düsteren Reih'n,
Und gellende Hörner schallen darein
Und erfüllen die Seele mit Grausen.
Und wenn ihr die schwarzen Gesellen fragt:
Das ist Lützows wilde, verwegene Jagd.

Was zieht dort rasch durch den finstern Wald
Und streift von Bergen zu Bergen?
Es legt sich in nächtlichen Hinterhalt;
Das Hurra jauchzt und die Büchse knallt;
Es fallen die fränkischen Schergen.
Und wenn ihr die schwarzen Jäger fragt:
Das ist Lützows wilde, verwegene Jagd.

Wo die Reben dort glühen, dort braust der Rhein,
Der Wütrich geborgen sich meinte;
Da naht es schnell mit Gewitterschein
Und wirft sich mit rüst'gen Armen hinein
Und springt ans Ufer der Feinde.
Und wenn ihr die schwarzen Schwimmer fragt:
Das ist Lützows wilde, verwegene Jagd.

Was braust dort im Tale die laute Schlacht,
Was schlagen die Schwerter zusammen?
Wildherzige Reiter schlagen die Schlacht,
Und der Funke der Freiheit ist glühend erwacht
Und lodert in blutigen Flammen.
Und wenn ihr die schwarzen Reiter fragt:
Das ist Lützows wilde, verwegene Jagd.

Wer scheidet dort röchelnd vom Sonnenlicht,
Unter winselnde Feinde gebettet?
Es zuckt der Tod auf dem Angesicht;
Doch die wackern Herzen erzittern nicht.
Das Vaterland ist ja gerettet.
Und wenn ihr die schwarzen Gefall'nen fragt:
Das war Lützows wilde, verwegene Jagd.

Der wilde Jagd und die deutsche Jagd
Auf Henkersblut und Tyrannen!
Drum, die ihr uns liebt, nicht geweint und geklagt!
Das Land ist ja frei, und der Morgen tagt,
Wenn wir's auch nur sterbend gewannen.
Und von Enkeln zu Enkeln sei's nachgesagt:
Das war Lützows wilde, verwegene Jagd.

Heinz Steguweit

»Stille Nacht« im Leipziger Gewandhaus

Da kamen im Dezember vor fast einhundertachtzig Jahren vier Tiroler nach Leipzig, karge und abgehaspelte Geschwister namens Strasser, die mit Handschuhen, recht feinen, einigen Handel trieben, sonst aber arm waren wie die Mäuse in der Kirche. Nun, auf dem Augustusplatz, wo sie bei Tranlampenlicht und Schneegestöber das Gedränge des Weihnachtsmarktes für ihr Geschäft ausnutzen wollten, fanden sie wenig Käufer, nicht mal die Reise kam heraus, es war zum Händeraufen und Haareringen oder umgekehrt.

»Du«, sagte Xaver Strasser zum Loisl, »weißt was? Wir gehen ins G'wandhaus und singen.«

Die anderen rebellierten, also der Loisl, die Nina und das kleine blasse Everl.

»Bist narrisch, Xaver, die Sachsen werden uns was blasen. Und 'nausschmeißen außerdem ...«

Sie schlichen sich dennoch ins Gewandhaus, denn es schien ihnen zu widersinnig, an den Pfoten, den blauen, zu frieren wie die Affen und dabei auch noch Handschuhe feilzuhalten. War das nicht, als wolle ein Dreckfink lauter Seife anpreisen? Oder ein Lausbub sein Insektenpulver? Na also.

Nur drei Paar Handschuhe waren sie zu vieren losgeworden, eine magere Kasse. Daheim wartete die ganze Familie nebst der Nachbarschaft. Und nun standen die Burschen und Madeln, Geschwister allesamt, im hohen Gewandhaus, wo man Musik machte, ganz herrliche Musik mit so vüllen Geigen und so vüllen Flöten, als wär's schon bei den Engerln im Himmel.

»Wann willst hier singen, Xaver?«

»Glei, wann d'Musik aus ist, ihr Schlawiner. Denn ewig wern die Flöten und Geigen ja nöt spüln.«

Xaver Strasser war halt gläubiger als seine Geschwister. Und in der Tat, als das Orchester seine Sinfonie gespielt und das Publikum seinen Beifall gespendet hatte, sprang der Xaver aufs Podium, zog die andren hinterher, den Loisl also, die Nina und das käsbleiche Everl, und alle faßten Posten wie bei der Kirchweih daheim.

»Was solln mir bloß singen, Xaver?«

»Na ja koa Schmarren nöt. Singen mir halt was von zu Haus. Das Liedl moan i, was der Herr Pfarrer aus Oberndorf uns amol vor Jahren g'dichtet hot und wozu sein Kantor die Noten schrieb.«

»Ach – das vom Mohr-Pepi und vom Gruber-Franzl?«

»Jo, allweil das ...«

»a geh, is des nöt zu simpel für die besseren Herrschaft'n im G'wandhaus?«

Der Xaver konnte nimmer antworten. Denn ein Saaldiener, ein papageienhaft galonierter, wollte die Ländler energisch von der Bühne weisen, aber die Leipziger klatschten und riefen und begehrten, was Tirolerisches gesungen zu kriegen im kalten Winter.

Also sangen die Geschwister Strasser, sangen »Stille Nacht, heilige Nacht«, sangen es zum erstenmal in der Fremde, zum erstenmal vor anderen Leuten als denen in Österreich und im Salzburgischen, und das war am 18. Dezember 1831. Da wurd's dann noch stiller als vorher. Ach, und die Saaldiener, die papageienbunten, gingen nun rund, zu sammeln für die armen Tirolerschen, so daß sie hernach heimzogen wie reichbeschenkte Papunzerln.

Die Handschuhe sind sie nimmer quitt geworden, aber das Lied, Herrgott, der Choral ist rundgekommen dann durch Sachsen, durch ganz Deutschland, was sag ich: durch die ganze weite Welt. So steht's alles aufgezeichnet und überliefert in der »Allgemeinen Musikalischen Zeitung« von 1832; im Archiv der Deutschen Bücherei in Leipzig ist die zu finden ...

Dieser Text beruht auf einem Beitrag, der 1970 in der Zeitschrift »Sächsische Heimat« erschienen ist.

Carl Schönberg

Der Wildschütz Carl Stülpner belagert Schloß Scharfenstein

Hier nun am Fuße des steilen Schloßberges, dicht an der verdeckten Brücke, die über die wild sich hinschlängelnde Zschopau führt, steht noch jetzt das kleine Häuschen, in welchem Carl Stülpner 1761, den 20. September, also noch zur Zeit des 7jährigen Kriegs, das erste Licht der Welt erblickte. Sein Vater, von Profession ein Müller, hatte früher unter dem kursächsischen Leibkurassier-Regimente gestanden und nach seinem Abschiede die Tochter des herrschaftlichen Försters in Scharfenstein, eines gewissen Mälcher, geehelicht. Da er zu unvermögend war, selbst eine Mühle zu pachten oder zu kaufen, so arbeitete er meistenteils als Mühlknappe in der Umgegend und betrieb später sein Lieblingsgeschäft, die Gärtnerei, indem er dazu oben erwähntes Haus kaufte und einen Gemüsegarten anlegte.

Carl war noch nicht acht Tage alt, als er durch folgendes Ereignis ganz nah daran war, wieder ein Raub des Todes zu werden.

Als nämlich damals, wie schon erinnert, der 7jährige Krieg, der unser Vaterland so hart bedrängte und so große Opfer verschlang, noch wütete, drang einst schon bei Einbruch der Nacht ein ganzer Truppe sogenannter preußischer schwarzer Husaren in Stülpners öde Wohnung, und zwar, da Carls Vater gerade auf Arbeit abwesend war, seine Mutter als Wegführerin mit nach Zschopau zu nehmen. Ob diese nun gleich flehentlich bat, sie damit zu verschonen, da sie Wöchnerin sey und ihr Kind nicht allein lassen könne, so wurde sie demohngeachtet gewaltsam mit fortgerissen und ihr nicht einmal so viel Zeit gelassen, ihr in der Wiege laut jammerndes Kind unterdessen einer Nachbarin zur Obhut übergeben zu können. Als sie endlich herzklopfend und schweißtriefend von ihrer beschwerlichen Reise wieder ihre Wohnung betrat, fand sie ihr Kind schon halb erstickt, indem während ihrer Abwesenheit das in den Ofen gesteckte Geniester und grüne Reißholz sich entzündet hatte und der dadurch verursachte Rauch so in die Stube gedrungen war, daß nur durch schleunige Hilfe das Leben ihres Sohnes noch gerettet werden konnte.

Carl wuchs indessen kräftig und gesund, mehr unter Aufsicht seiner Mutter, auf, weil sein Vater größtenteils auswärtig für die Existenz seiner Familie besorgt, sich weniger um die Erziehung seines Sohnes kümmern konnte ...

Später wurde Stülpner ein sächsischer »Robin Hood« – ein »Wildschütz«, der den armen Gebirgsbauern im Erzgebirge half, aber ständig auf der

Fluchte war wie im Jahre 1795, von dem hier die Rede ist:

Der Offizier, der Gerichtsverwalter und die Forstbedienten begaben sich ... auf das Schloß, um von den nächtlichen Strapazen daselbst auszuruhen, und sich restaurieren zu können.

Das Militair-Commando wurde unterdessen in der Schenke und in den zunächst liegenden Häusern einquartiert und beordert, um 8 Uhr früh sich, zum Rückmarsch nach Annaberg, am Fuße des Schloßberges zu versammeln.

Während dies nun alles hier vorging, war Stülpner in Griesbach ebenfalls nicht untätig. Da er seine ganze Munition in seiner Jagdtasche verwahrt hatte und er diese, nebst seinem Hirschfänger, ... wegen der Schnelle seiner Flucht im Stiche lassen mußte, so sah er sich jetzt genötigt, aus Commißkugeln kleinere Kugeln für die Mündung seines Gewehrs mit dem Messer abzuschnitzen, über welche saure Arbeit er zwei volle Stunden zubrachte.

Als er damit fertig war, eilte er noch vor Tagesanbruch in der schrecklichsten Finsternis und bei schrecklichem Regenwetter wieder nach Scharfenstein zurück, um zu sehen, wie die Sache unterdessen abgelaufen sey, und nahte sich nun so unerschrocken mit gespannter Büchse der Wohnung seiner Mutter. Da die Besatzung kurz vor seinem Erscheinen wieder abgezogen war, und er niemanden weiter gewahrte, klopfte er an den Laden eines Nachbars, um sich hier näher nach allem zu erkundigen.

Hier hörte nun Stülpner ausführlich sowohl die schändliche Behandlung seiner schuldlosen Mutter als auch die Beschlagnahme seiner Utensilien, so wie überhaupt die große Verwüstung, welche bei der Durchsuchung des Hauses verübt worden war, welches alles ihn in solche Wut versetzte, daß er sogleich auf die Nachricht: der Gerichtsdirector, der Offizier und die Forstbedienten hätten sich auf's Schloß begeben und das Militair wäre in der Schenke und in deren Nähe einquartiert, nach dem Schlosse zu stürmte und sich gegen 6 Uhr früh mit seiner scharfgeladenen Büchse unten vor das erste Tor des Schlosses aufstellte, um hier auf die Heimkehr der soeben genannten Herren zu warten und sie so höflich als möglich zu begrüßen. –

Als er so einige Zeit mit unverwendetem Blicke auf das Schloß gestanden hatte, kamen jetzt die Localgerichten von Scharfenstein aus dem Schlosse, welche die in Beschlag genommenen Sachen Stülpners, bestehend aus einem Rocke, der Jagdtasche und dem Hirschfänger, mit sich trugen, um sie auf Befehl des Gerichtsdirectors sogleich an das Amt Wolkenstein abzuliefern.

Sobald diese Stülpner gewahr wurde, donnerte er sie sogleich mit folgenden Worten an: »Wo wollt ihr mit meinen Sachen hin? Sogleich legt ihr sie hier vor mir nieder, oder (die Büchse auf sie anlegend) ich schieße euch alle zusammen.« –

Bestürzt und vor Angst klappernd, befolgten die Gerichten sogleich seinen Befehl, worauf er denselben anbefohl, sogleich in das Schloß wieder zurückzukehren und den Herren daselbst zu sagen, daß sich Stülpner selbst seines Eigentums wieder bemächtigt habe. Während diese, froh, ohne Schaden davon gekommen zu seyn, auch hierin pünctlich Folge leisteten und wieder nach dem Schlosse zu wanderten, zog unterdessen Stülpner ganz ruhig seinen Rock an, schnallte seinen Hirschfänger um, hing seine Jagdtasche über, worin sich noch unangetastet seine ganze Munition befand, und war nun froh, so wohlbewaffnet seine Feinde erwarten zu können.

Als er so sich wieder auf seinen Posten gestellt hatte, sah er plötzlich den Offizier, den Gerichtsdirector und die Forstbedienten, alle beritten aus dem Schloßtore heraus kommen und rief ihnen nun sogleich ein fürchterliches Halt! entgegen. Diese, als sie Stülpnern in seiner drohenden Stellung erblikkten, wollten sogleich wieder in das Schloß zurückreiten, als plötzlich zwei Schüsse fielen, deren beide Kugeln das Hinterteil von dem Braunen des Oberförsters Büchner aus Geyer trafen.

Auf diese unerwartete und tollkühne Tat Stülpners ward sogleich das Tor verrammelt und aus den Schloßfenstern auf das Wirtshaus hinabgerufen, daß das daselbst befindliche Militair-Commando sogleich aufbrechen und auf Stülpnern, der seinen Posten immer noch keck behauptete, Feuer geben sollte.

Stülpner, der diesen Befehl, welcher sein Leben so hart bedrohte, mit anhörte, blieb demungeachtet unverzagt; lud seine Büchse wieder und begab sich jetzt von seinem Posten etwas tiefer auf den herrschaftlichen Bleichgarten, um hier selbst das Militair zu erwarten. Als nun das Commando in Sturmschritt anrückte, so schrie ihm Stülpner mit donnernder Stimme zu (hier folgen seine eigenen Worte): »Hat einer Lust und Belieben, auf mich Feuer zu geben, so schieß' er in drei Teufelsnamen, mich schießt keiner todt.« – Ohne nur im mindesten von ihren Musketen Gebrauch zu machen, eilte sämtliches Militair bei Stülpnern vorüber und auf das Schloßtor zu, welches, nachdem alle in den Schloßhof eingetreten waren, wieder zugeschlossen und so fest wie möglich verrammelt wurde.

Stülpner, der früh um 6 Uhr seinen Posten betrat, behauptete denselben bis fast zum Einbruch der Nacht, ohne daß die so zahlreiche und wohlbewaffnete Besatzung im Schlosse einen Ausfall auf ihn zu machen wagte, und begab sich hierauf, nachdem er erst bei seiner Mutter eingekehrt war, wieder nach Griesbach.

Als die Herren vom Schlosse aus, endlich zu ihrer großen Freude, Stülpnern wieder abziehen sahen, so wagten sie nun erst, ihre Heimkehr anzutreten, doch ohne sich wieder zu Pferde zu setzen, sondern von dem Commando als Schutzwache umgeben, ließen sie ihre Pferde nachführen.

Carl Stülpner ist, erblindet und verarmt, 1841 gestorben. Sein Grab befindet sich in Großolbersdorf.

Karl May

Hunger im Erzgebirge

Es waren damals schlimme Zeiten, zumal für die armen Bewohner jener Gegend, wo meine Heimat liegt. Dem gegenwärtigen Wohlstand ist es fast unmöglich, sich vorzustellen, wie armselig man sich am Ausgang der vierziger Jahre dort durchs Leben hungerte. Arbeitslosigkeit, Mißwachs, Teuerung und Aufruhr, diese vier Worte erklären alles. Es mangelte uns an fast allem, was zu des Leibes Nahrung und Notdurft gehört.

Wir baten uns von unserm Nachbarn, dem Gastwirt »Zur Stadt Glauchau«, des Mittags die Kartoffelschalen aus, um die wenigen Brocken, die vielleicht noch daran hingen, zu einer Hungersuppe zu verwenden. Wir gingen nach der »Roten Mühle« und ließen uns einige Handvoll Beutelstaub und Spelzenabfall schenken, um irgend etwas Nahrungsmittelähnliches daraus zu machen. Wir pflückten von den Schutthaufen Melde, von den Rainen Otterzungen und von den Zäunen wilden Lattich, um das zu kochen und mit ihm den Magen zu füllen. Die Blätter der Melde fühlten sich fettig an. Das ergab beim Kochen zwei oder drei kleine Fettäuglein, die auf dem Wasser schwammen. Wie köstlich und schmackhaft uns das erschien!

Glücklicherweise gab es unter den vielen Webern des Orts, die arbeitslos waren, auch einige wenige Strumpfwirker, deren Geschäft nicht ganz zum Stillstand kam. Sie webten Handschuhe, die man den Leichen anzieht, ehe sie begraben werden. Es gelang meiner Mutter, solche Leichenhandschuhe zum Nähen zu bekommen. Da saßen wir nun alle, der Vater ausgenommen, von früh bis abends spät und stichelten drauf los. Mutter nähte die Daumen, denn das war schwer; Großmutter die Längen mit dem kleinen Finger und ich mit den Schwestern die Mittelfinger. Wenn wir recht fleißig waren, hatten wir alle am Schluß der Woche elf oder auch zwölf Neugroschen verdient. Welch ein Reichtum! Dafür gab es für fünf Pfennig Runkelrübensirup, auf fünf Dreierbrötchen gestrichen; die wurden sehr gewissenhaft zerkleinert und verteilt. Das war zugleich Belohnung für die verfloßne Woche und Anregung für die künftige.

Karl May (geboren 1842 in Ernstthal, gestorben 1912 in Radebeul), der geistige Vater von Winnetou und Old Shatterhand, hat in seiner Autobiographie »Ich« von 1910 die Armut seiner Kindheit und Jugend beschrieben.

Anekdoten über den letzten Sachsen-König

»Bist wohl ooch Fleescher?«

Mitgefühl

Die Kronprinzessin war über alle Berge. Ganz Dresden machte sich auf die Beine, um dem schmählich verlassenen Ehemann stürmische Ovationen zu bringen.

Weil das Schreien und Randalieren kein Ende nehmen wollte, begab sich August widerstrebend auf den Balkon.

Und guckte, ohne eine Miene zu verziehen, das Volk da unten an.

Ein Adjutant, hinter ihn tretend, wies darauf hin, welch erhebendes, welch tröstliches Gefühl es sei, die Herzen der Landeskinder so einmütig für sich schlagen zu wissen.

August winkte ab.

»Ä, ich tue den Leuten bloß leid!«

Gaffee und Guchen

In der Heidemühle bei Dresden. Ausflug der königlichen Familie. Guchen wird bestellt. Und Gaffee. Beides erscheint.

August muß. August verschwindet.

Die Kinder langen eifrig zu. Einer der Prinzen sagt: »Willst du nich dem Vater sein Stückchen noch fressen?«

Der Erzieher: »Wie können Hoheit ›fressen‹ sagen? Wenn das Majestät gehört hätten!«

August ist fertig, setzt sich auf sein Stühlchen, fragt: »Wer hattn mein' Guchen gefressen?«

Schein und Sein

Dresden, Pillnitzer Straße, August in Zivil. Was ist los dort unten? Ha, was stürmt da näher und näher?

Ein Fleischerwagen, scheint's. Ja, ein Fleischerwagen, dem die Pferde durchgegangen sind.

August, ein Pferdejokel seit je, hält die Karre auf. Der Fleischer bedankt sich.

»Bist wohl ooch Fleescher?« fragt er.

»Nee«, gibt August zurück. »Ich sähe bloß so aus!«

Gestörter Kunstgenuß

Frau Wittig hatte das Konzert durch ihren Gesang verschönt.

August unterhält sich mit der Dame. »Wie iss'n hier die Aggustigg?«

Frau Wittig beteuert, daß die Akustik ausgezeichnet ist.

»Warum hamm Se dnn da so gebrüllt?«

Moderne Malerei

In Dresden. Gemälde-Ausstellung. Ein Bild fesselt Augusts Interesse. Nicht, weil es von hoher Qualität, sondern weil der Himmel rosa ist. Und die Bäume blau.

Der Künstler verteidigt seinen Standpunkt. »Ich sehe das so!« spricht er.

»Da hätten Se nich Maler werden solln ...«, murmelt der Geenich und geht weiter.

In einer anderen Ausstellung entdeckt er ein Bild, das eine »rüttelnde Droschke« zeigen soll. August sieht aber nur Striche. »Ich empfinde das so«, sagt der Maler. »Da bin ich nur froh, daß ich nicht ihre Gefühle habe«, meint daraufhin die Majestät.

Flußaufwärts, flußabwärts?

Eine Brücke im Vogtland sollte dem Verkehr übergeben werden. Was em Geenich auf Anhieb in die Augen stach, waren die klotzigen, aus den Fluten ragenden Vorbauten, deren Sinn und Zweck ihm nicht ohne weiteres einleuchteten.

Einer der Ingenieure erläuterte die Bestimmung dieser Eisbrecher, und August freute sich über die praktische Erfindung. Doch eines war ihm unerfindlich.

»Wenn nu 's Eis von der andern Seite kommt?«

Markenbewußtsein

Friedrich August visitiert ein zoologisches Kabinett. Der ausgestopfte Pelikan ist ihm auf Anhieb sympathisch.

»Wo habt Ihrn die putzige Nudel aufgegabeld? Was is'n das für ä Kerl?«

»Ein Pelikan, Majestät.«

»Ä Beligan? Ä Beligan? Ach, ich weeß! Das sinn die, wo de Dusche draus gewonn' wird!«

Friedrich August und der SPD-Führer

Prinz Ernst Heinrich, der dritte Sohn von König Friedrich August III., erzählt in seinen Erinnerungen vom Ende eines Sonntagausflugs in die Dresdner Heide:

»Als er, in Zivil und eine Zigarre rauchend, auf dem Bahnhof in Klotzsche auf den Zug nach Dresden wartete, trat ein Herr auf ihn zu und bat ihn um Feuer. Es entspann sich zwischen beiden ein lebhaftes Gespräch, das, als der Zug in Sicht kam, mit einem herzlichen ›Auf Wiedersehen‹ endete. Der Stationsvorsteher geleitete meinen Vater zu dem reservierten Abteil und fragte: ›Wissen Euer Majestät auch, mit wem Euer Majestät eben gesprochen haben? Das war August Bebel, der Führer der Sozialdemokratischen Partei.‹ Die SPD war zu dieser

Zeit sehr radikal, für den Klassenkampf und gegen die Monarchie.«

Bebel hatte anscheinend auch nicht gewußt, wer sein Gesprächspartner war.

Neue Zeiten, neue Sitten

Schließlich konnte die Revolution nicht umhin, ein bißchen auszubrechen; und August mußte schonend von den heranziehenden Gewitterwolken in Kenntnis gesetzt werden.

In Chemnitz sei eine rote Fahne gehißt worden, unterbreitete man ihm.

Was das bedeuten solle, fragte August nicht ohne gelinde Neugier.

Die Hofschranzen drückten sich um das schreckliche Wort, aber es war auf die Dauer unmöglich zu verheimlichen. Also, kurz und gut: in Chemnitz hatte man die Räte-Republik ausgerufen.

August war perplex. »Ja ... derfen die dnn das?«

» Wenns sein muß«

Es wurden also die Roten vorgelassen. Neun Mann hoch trampelten sie herein. Und verlangten von ihrem König, daß er sowohl die Offiziere als auch die Beamten ausnahmslos und auf der Stelle ihres Eides entbinde.

August, nach kurzem Bedenken: »Wenns sein muß ... warum nich?«

Der Sprecher der Abordnung bedankt sich für glatte Erledigung der Sache. Alle neune dienern höflich.

August: »Da hab ich nu von jetzt an nischt mehr zu saachn?«

Der Sprecher eröffnet dem König, sämtliche Befugnisse seien übergegangen auf den Arbeiter- und Soldatenrat.

Der berühmte Ausspruch

1918 kommentierte der sächsische SPD-Landesvorsitzender Karl Sindermann (1869-1922) die erzwungene Abdankung Friedrich August III. mit den Worten: »Nun wird er wohl sagen: Macht Euren Drägg alleene!« Heute gilt das als berühmtester Ausspruch des Königs, obwohl er gar nicht von ihm stammt. – Sindermanns spät geborener Sohn Horst (1915–1990) war 1973–1976 Ministerpräsident und 1976–1989 Volkskammerpräsident der DDR.

Rüdiger Fikentscher

Aus Horch wird Audi

Der große Pionier des Automobilbaus August Horch (1868–1951) hatte 1904 eine Aktiengesellschaft gegründet, um im größeren Stil seine erfolgreiche Tätigkeit fortsetzen zu können. Er suchte, von Reichenbach im Vogtland kommend, einen geeigneten Standort. Zunächst war an Leipzig gedacht worden, dann entschied man sich für Zwickau. Zu seinen wichtigsten Aktionären gehörten die dortigen Fabrikanten Franz und Paul Fikentscher. Jahre später gab es schwere Auseinandersetzungen zwischen der Mehrheit des Aufsichtsrates und August Horch, in deren Folge er aus der von ihm gegründeten und seinen Namen tragenden Firma austreten mußte.

Franz und Paul Fikentscher standen weiterhin auf seiner Seite, beschafften maßgeblich das notwendige Kapital, so daß 1909 unverzüglich eine Neugründung unter dem Namen Horch erfolgen konnte. Damit wären jedoch zwei Automobilfirmen mit diesem Namen in Zwickau vorhanden gewesen, wogegen die erstbestehende Firma klagte und gewann. Ein neuer Name mußte gefunden werden. Dazu schreibt August Horch in seinem Buch »Ich baute Autos«:

»Unser Prozeß am Reichsgericht ging verloren. Wir durften den Namen August Horch nicht mehr führen, obwohl es mein eigener Name war. Wir beriefen sofort eine Sitzung ein, die in der Wohnung von Franz Fikentscher stattfand, und brüteten lange über einen anderen Namen. Uns war klar, daß diese Sitzung niemand verlassen durfte, bevor unser Werk einen Namen hatte. Was da alles an möglichen und unmöglichen Bezeichnungen auftauchte, läßt sich nicht beschreiben.

In einer Zimmerecke saß bescheiden ein Sohn von Franz Fikentscher und büffelte an seinen Schulaufgaben, das heißt er tat so, in Wirklichkeit hörte er mit der gesammelten Inbrunst eines jungen Herzens dieser hochinteressanten und hitzigen Unterhaltung zu. Wahrscheinlich hatte er schon seit einiger Zeit etwas auf dem Herzen, schluckte es aber immer wieder hinunter. Aber plötzlich brach der zurückgehaltene Vulkan aus ihm heraus, und er schrie begeistert herüber: »Vater – audi atur et altera pars!« ... »Wäre es nicht richtig, anstatt Horch Audi zu sagen?« Es war heraus, und wir saßen schlankweg begeistert da. Im Laufe des Jahres 1910 wurde der Name »Audi« Automobilwerke GmbH, ins Handelsregister eingetragen!«

Diese so schön klingende Geschichte taucht bis in die jüngste Zeit in Automobilzeitschriften und -büchern auf. Sie stimmt allerdings in einem Punkt nicht. Die geniale Idee der Latinisierung des Namens Horch stammt nicht von einem Sohn Franz Fikentschers, sondern von Dr. Mislack, dem Hauslehrer. Er beaufsichtigte die Schularbeiten der drei Söhne, wohnte im Haus und aß mit am Tisch, was damals keineswegs selbstverständlich gewesen ist. So wurde er mit dem Problem, über das die Herren Aktionäre mit dem Unternehmer berieten, bekannt und machte beim Essen diesen Vorschlag. Das klingt auch wahrscheinlicher als die Schilderung von August Horch. Denn es ist kaum anzunehmen, daß bei der wohlhabenden Familie ein Sohn mit seinen Schulaufgaben in der Ecke des Zimmers sitzen mußte, in dem derartige Beratungen abgehalten wurden.

Rüdiger Fikentscher wurde zwar in Schlesien geboren, stammt aber aus einer Unternehmerfamilie in Zwickau, wo er auch aufgewachsen ist. Er studierte Medizin, war habilitierter Facharzt an den Universitätskliniken in Halle und von 1994 bis 2004 SPD-Fraktionsvorsitzender im Landtag vn Sachsen-Anhalt.

Gerhart Hauptmann

Der Untergang Dresdens

Wer das Weinen verlernt hat, der lernt es wieder beim Untergang Dresdens. Dieser heitere Morgenstern der Jugend hat bisher der Welt geleuchtet. Ich weiß, daß in England und Amerika gute Geister genug vorhanden sind, denen das göttliche Licht der Sixtinischen Madonna nicht fremd war und die von dem Erlöschen dieses Sternes allertiefst schmerzlich getroffen weinen.

Und ich habe den Untergang Dresdens unter den Sodom- und Gomorra-Höllen der feindlichen Flugzeuge persönlich erlebt. Wenn ich das Wort erlebt einfüge, so ist mir das jetzt noch wie ein Wunder. Ich nehme mich nicht wichtig genug, um zu glauben, das Fatum habe mir dieses Entsetzen gerade an dieser Stelle in dem fast liebsten Teil meiner Welt ausdrücklich vorbehalten.

Ich stehe am Ausgangstor des Lebens und beneide alle meine toten Geisteskameraden, denen dieses Erlebnis erspart geblieben ist. Ich weine. Man stoße sich nicht an dem Wort weinen; die größten Helden des Altertums, darunter Perikles und andere, haben sich seiner nicht geschämt.

Von Dresden aus, von seiner köstlich-gleichmäßigen Kunstpflege in Musik und Wort, sind herrliche Ströme durch die Welt geflossen, und auch England und Amerika haben durstig davon getrunken. Haben sie das vergessen?

Ich bin nahezu dreiundachtzig Jahr alt und stehe mit einem Vermächtnis vor Gott, das leider machtlos ist und nur aus dem Herzen kommt: es ist die Bitte, Gott möge die Menschen mehr lieben, läutern und klären zu ihrem Heil als bisher.

Rundfunkansprache vom 29. März 1945 – Gerhart Hauptmann (geboren 1862 im schlesischen Obersalzbrunn, gestorben 1946 in Agnetendorf/Riesengebirge) hat die Bombenangriffe im Februar 1945 in einem Sanatorium bei Dresden miterlebt. Der Stadt war der Literaturnobelpreisträger von 1912 tief verbunden: Hier wollte er zunächst Bildhauer werden und im nahen Radebeul lernte er seine erste Frau kennen. Immer wieder kam er nach Dresden zurück.

Stefan Heym

Die Republik Schwarzenberg

Ich hatte Wolfram noch nie vor einer größeren An-
zahl von Menschen sprechen hören und war mir des
Risikos bewußt, das ich einging, indem ich ihm, der
doch im Grunde wenig mit diesen Arbeitern gemein
hatte, eine so schwierige Aufgabe zuschob. Meine
Befürchtungen schienen zunächst auch sich bestäti-
gen zu wollen; er sprach leise und unkonzentriert,
von einem Fuß auf den anderen tretend, während er
dem Mädchen Paula, das neben ihm saß, mecha-
nisch übers Haar streichelte; dann aber faßte er
sich, seine Stimme wurde fester, seine Augen begannen zu glänzen, als sei das Fieber, das er am Tag
seiner Ankunft gehabt hatte, plötzlich zurückge-
kehrt, und bald wurde deutlich, daß er eine wohl-
durchdachte Konzeption vortrug, die er bei unseren
Vorgesprächen mit den Genossen Schlehbusch und
Kiessling und den beiden Bornemanns entweder
noch nicht gehabt oder uns vorenthalten hatte.

Er ging aus von der Frage des Schutzes der Betriebe, der Maschinen darin und der dort gelagerten
Materialien und Erzeugnisse; aber für wen sollte
man sie schützen, für die Herren Münchmeyer
von der Maschinenfabrik und Pilz von der Firma
ESEM, die mit den Nazis paktiert und sich an deren

Aufträgen gesundgestoßen und geholfen hatten, diesen Krieg über uns zu bringen, oder für uns selbst: unser Brot von morgen? Schutz der Betriebe durch die Arbeiter hieß über kurz oder lang aber Übernahme der Betriebe, der großen zumindest, durch die Arbeiter, darüber müsse man sich klar sein, und hieß auch, sie gegen ihre jetzigen Besitzer, die Unternehmer, zu schützen, die ihre Betriebe lieber ausgeraubt und zerstört sehen würden, als sie denen zu überlassen, die sie schützten.

Und damit im Zusammenhang die Frage: Wem schulden wir Gehorsam? Die Antwort: Nur uns selbst; die alte Macht war zusammengebrochen und hinweggefegt, ihre Vertreter, gestern noch hoffärtig drohend, versteckt in irgendwelchen Kammern unter irgendwelchen Betten oder den Röcken ihrer Weiber; es gab keinen Landrat, wenn wir ihn nicht bestätigten, keinen Bürgermeister, wenn wir ihn nicht wählten, keine Beamten und Polizisten, keine irgendwie geartete Behörde, wenn wir sie nicht einsetzten, wir, durch unsere Vertreter, durch ein Komitee, einen Ausschuß, die wir ausstatteten mit unserer Macht, der Macht, die wir, das Volk von Schwarzenberg, die Arbeiter, die einzigen, die nach diesem Krieg ein Recht darauf hatten, in diesem Augenblick in unsere Hände nahmen und die, nach Lage der Dinge, zunächst eine bewaffnete sein mußte, fähig und bereit, die Unterdrücker von gestern nun ihrerseits zu unterdrücken, im Namen der Gerechtigkeit, der Freiheit und der Zukunft.

Und dann zu mir gewandt: »Der Genosse Kadletz hat vorhin von einem Niemandsland gesprochen. Aber sind wir denn niemand? Ist dieses Land kein Land, sind diese Berge und Wälder keine Heimat, sind diese Städte und Dörfer, ob auch zerstört, diese Gruben und Werke, ob auch stillgelegt, nicht unser Erbteil?« Wir, fuhr er dann fort, so wie wir hier versammelt wären, und viele, die zu uns stoßen würden, hätten eine wohl einzigartige Gelegenheit: auf befreitem Boden, aber ohne Druck von seiten fremder Mächte, mochten sie auch noch so wohlwollend sein, ohne Form, die uns vorgeschrieben, ohne Schema, das uns vorgezeichnet, etwas aufzubauen, das wirklich unser sein würde, nach unseren Ideen und unseren Notwendigkeit errichtet. Und sei das Gebiet, auf dem wir's versuchten, noch so klein, und die Bedingungen, unter denen wir's versuchten, noch so schwer, wir müßten es unternehmen, »nicht nur«, schloß er, »weil kein Weg außer diesem uns bleibt, sondern weil wir hier ein Muster schaffen können für andere, wenn wir's richtig beginnen und wenn es uns gelingt, Demokratie und Sozialismus miteinander zu verknüpfen in unserem – nennen wir's nicht Niemandsland, nennen wir es –«

»– Republik Schwarzenberg«, sagte ich halb im Scherz und dennoch mitgerissen vom Schwung seiner Worte und dachte zugleich, ein Tor, ein Visionär, dieser Wolfram, soll das, was er da vorschlägt, Ernst sein, oder sind es nicht eher Phantasien aus einer Todeszelle?

Die Leute, bemerkte ich, hatten ihn wohl angehört, aber fraglich war, wieviel von seinen Gedankengängen und dem, was dahinter steckte, sie verstanden hatten, und tatsächlich bröckelte die Stimmung, die er erzeugt hatte, feierlich und unwirklich im gleichen Maße, bereits ab, und ein Kopfschütteln hier und dort deutete an, daß so mancher sich zu überlegen begann, was das große Gerede denn solle zu einer Zeit, wo alles im Zerfall war und kein Mensch wußte, woher die nächste Brotkruste kommen sollte für seine Kinder.

Bei Kriegsende im Mai 1945 blieben das Gebiet des Kreises Schwarzenberg und das damals kreisfreie Aue unbesetzt. Erst am 25. Juni 1945 rückte die Rote Armee in Schwarzenberg ein. Der 1913 in Chemnitz geborene Stefan Heym (gestorben 2001 in Israel) beschreibt die Situation in seinem Roman »Schwarzenberg« (1984).

Über Berg und Tal

Paul Keller

Der gelbe Fluß

Warum ist denn die Elbe
bei Dresden so gelbe?
Se schämt sich zuschande,
denn sie muß aus'm Lande,
aus'm Lande so scheene,
so niedlich und kleene;
denn gleich hinter Meißen,
pfui Spinne, kommt Preißen!

Der populäre Spruch stammt aus dem 1902 erschie-
nenen Roman »Waldwinter« des schlesischen Er-
zählers Paul Keller (1873–1932)

Johann Gottfried Herder

Deutsches Florenz

Dresden indes zierte sein prachtliebender Geist mit Gebäuden; unter ihm war es eine Schule der Artigkeit und ist es geblieben. Vor allem aber sind die Kunst- und Altertumssammlungen, die er mit ansehnlichen Kosten stiftete, Trophäen seiner Regierung. Was ein Friedrich August am Anfange des Jahrhunderts anfing, hat ein anderer Friedrich August am Ende desselben vollendet. Durch sie ist Dresden in Ansehung der Kunstschätze ein deutsches Florenz geworden ...

Wenn also deutsche Fürsten Gemälde und Altertümer in ihren Ländern sammelten, als es noch Zeit war, und die Galerien zu Wien, München, wo auch Mannheim und Düsseldorf ist; Dresden, Kassel u. f. noch blühen; so sind sie als Kolonien der Kunst, als Vorbereitungen zu betrachten, die den Schüler über die Alpen hin leiten. Sind (um nur die neuesten Zeiten zu nennen) Mengs und Winckelmann nicht Deutsche? Von Dresdens Kunstsammlungen geweckt, wurde Winckelmann Lehrer der Kunst für alle Nationen. Sein erstes Buch »Über die Nachahmung griechischer Kunstwerke« schrieb er in Deutschland. Seitdem sind alle Völker Europas, die an der Kunst teilnehmen, seiner Spur gefolgt.

Blühe, deutsches Florenz, mit deinen Schätzen der Kunstwelt!
Stille gesichert sei Dresden Olympia uns ...

Über alles Kunstlob erhebt sich der kurze Zusatz, daß, wenn ein Friedrich August vor Anfang des verflossenen Jahrhunderts die polnische Krone kostbar suchte, ein anderer Friedrich August sie vor Ausgange des Jahrhunderts fürs Beste seiner Länder gerecht und würdig ausschlug. Das Jahrhundert, das ein Alcibiades begann, beschloß ein Aristides.

Phidias: griechischer Bildhauer / Alcibiades: kriegerischer athenischer Politiker / Aristides: beispielhaft gerechter und weiser athenischer Politiker (Anspielung auf Kurfürst Friedrich August, genannt »der Gerechte«, später erster König von Sachsen) – Herders Sohn Sigmund August Wolfgang (1776–1838) wurde 1826 sächsischer Oberberghauptmann in Freiberg.

Erich Kästner

Märchen-Hauptstadt

Der erste Abend wieder zu Haus!

Die alte liebe Brücke krümmt sich über der alten lieben Elbe wie ein amouröser Kater. Die vielen blinzelnden Laternen wandern über die Brücke wie Lampions zum Kinderfest. Der dunkelblau gefütterte Nachthimmel ist lustig mit Konfetti bestreut; das sind die Sterne. Und drunten im Fluß zittern bunte Lichtstreifen wie Papierschlangen, die man zum Karneval durch ein gelles Gelächter hindurchwirft ...

Vom Belvedere herüber weht ganz dünn und leise ein Wiener Walzer ... Die noch unbelaubten Linden und Platanen droben auf der Brühlschen Terrasse wiegen dazu ein wenig ihre Wipfel. Als ob sie eigentlich gar nicht wollten ...

Dann poltert und klingelt eine lichtfunkelnde Straßenbahn vorüber. Der Herr Brückenzolleinnehmer wartet pflichtgeduldig auf die ehrsam daherrollenden Droschken. Und ein Gymnasiast zieht vor einem kleinen Bürgermädchen seine Mütze. Dabei wird er rot wie seine lateinische Klassenarbeit nach der Korrektur ...

Das Opernhaus ist festlich erleuchtet: »Boris Godunow« wird gespielt! Das große Tagesgespräch ... Es ist Pause. Die Abendkleider und die Smokings lehnen in den mächtigen Fenstern des Foyers, plaudern und blicken mit etwas befremdeten Augen auf das abendliche Treiben herunter.

Über allem ragt die Silhouette der Türme: Als habe sie der liebe Gott in einer guten Stunde mit inniger Sorgfalt aus dem dunklen Nichts herausgeschnitten ... so wunderschön ... Die Frauenkirche sieht aus wie ein riesiger Kaffeewärmer ... Die Hofkirche greift in die Sterne wie ein luftiges Minarett ... Und zwischen den beiden hängt die Rathausuhr wie ein Vollmond mit Zifferblatt ...

Vormittagssonne. Im Großen Garten. Das mattschwarze Gestänge der alten Kastanien hängt als feingegittertes Filigran vor dem seidigen Blau des Himmels. Wie damals im Herbst ...

Der Himmel ist so seidenblau,
so selig ausgespannt! ...
Ein Pavillon lehnt fremd und grau
und fern am Wiesenrand.

Zwei Schwäne ziehen durch den Teich.
Von drüben kreischt ein Pfau.
Kentauren ringen stumm und bleich
um eine nackte Frau ...
Nun weht der Wind. Und wirbelt Staub.
Und greift ein braunes Blatt ...

Und so weiter ... Das war im Herbst. – Und jetzt flanieren Krokus und Schneeglöckchen über den Rasen.

Wir sitzen bei Pollender. Im Freien. An runden weißen Tischen. Die Sonne schmeichelt und streichelt, daß man schnurren möchte wie ein Kater am Kamin ... Niedliche kleine Kinder stehen und sitzen herum wie die Kruse-Puppen. Ein Zitronenfalter schwimmt durch die weiche warme Luft. Und in meinem Milchkaffee zappelt eine glanzblaue Brummfliege. (Wohl, weil ich eigentlich lieber Fleischbrühe getrunken hätte ...) Die schönen Damen balancieren ihre neuen Sommerhüte und füttern (mitleidig, wie sie von Natur aus sind) die frechsten Spatzen ... Die Dame links von unserm Tisch besitzt außer ihrem sandfarbenen Mantelkleid auch einen Seidenpinscher; weiß wie Schlagsahne; mit rosa Klecks. Das ist eine Schleife. Der Herr rechts von unserm Tisch droht mit dem Zeigefinger seinem kleinen Bulldogg; schwarz wie ein Neger im Tunnel. Die zwei Hündchen geben sich vor unserm Tisch ein Stelldichein. Betrachten zweifelnd ihre zweifelhaften Physiognomien. Und wenden sich dann tränenden Auges voneinander ab. Wobei sie sich den Anschein geben, als philosophierten sie über die Gefahren der Rassekreuzung ... Die Dame mit dem Pinscher und der Herr mit dem Bulldogg lächeln einander an ... Na also!

Ihre heimlich frohen Blicke und der Sonnenglast und ein kokett trippelnder, wunderbunter Fink und Bonnen mit hüpfenden Kindern. – Man wird so froh dabei. Und lächelt. Und ist nicht einmal den »Neuen Reichen« bös, die dutzendweis um einen Tisch lümmeln, »Eier im Glas« löffeln und dabei wie die Rösser wiehern.

Denn nur ein paar Schritte – und man steht am Teich; zwei Schwäne fressen gelangweilt die Sonnenkringel aus dem Wasser. Und am Ufer liegt das wundervolle Barockpalais ... So sorglos üppig und doch so beherrscht ... Mit seiner mehrfach gebrochnen Freitreppe. Mit seinen Nischen und Vasen und Voluten und Götterbüsten. Mit seinem grünen sanftgeschweiften Patina-Dach. Mit seinen Erinnerungen an Menuetts und Puderquasten, an flackernde Windlichter, zerknitterte Reifröcke und galante Abenteuer ...

Ein Kindermädchen mit Madonnenaugen bewegt den Wagen mit dem Kleinen nach der Melodie »Das macht der Frühling. Der geht ins Blut ...« Auf fernen Wegen sieht man drei Reiter. In englischem Trab. Rhythmisch gemessen heben und senken sie sich in den Sätteln ...

Man sitzt ... Und dehnt sich in der Sonne ... Und verliebt sich ein wenig in den roten, kühn gezeichneten (oder gemalten?) Mund einer eleganten Dame in blauem knappem Kostüm und brokatnem Hütchen. Ein Glück, daß sie nicht blond ist; denn dann würde es ernst ...

Der Himmel ist so blau! Und so tief! Und so trunken! Als habe ihn Böcklin angestrichen ...

Nachmittagssonne. Straßenbahnfahrt nach dem Weißen Hirsch ...

Es sitzen so viele liebe kleine Mädchen im Wagen! Und durch das grüne Glas der Schiebetür sehen sie alle miteinander so ein bißchen verträumt und angegriffen aus ... Einfach herzig! Jawohl! ...

Und da ist schon das Waldschlößchen ... Und da sind die Villen ... Und dann die Loschwitzer Höhen: Häuser und Gärten sonnen sich an den Hängen. Und ahnen schon die Pfirsichblüte; wattiges Rosa und Weiß ... Langsam gleitet die Drahtseilbahn mitten hindurch ... ein roter Wagen ... unaufhaltsam, als wolle er in die Elbe hineinfahren ...

Und dann sind wir schon droben auf dem »Hirsch« ... Ein Bächlein murmelt, und die blaugrünen Kiefern rauschen, wie sich's für ein Märchen gehört ... Und die Sonne purzelt in großen Goldstücken durch die Zweige; auf den geharkten Weg ... Auf den Tennisplätzen treiben die Gesunden ihren Sport; in Strandhosen oder flatternden Röckchen. Und die sich krank glauben, schauen zu, kaum daß sie aus ihren valutastarken Pelzmänteln heraushusten können.

Draußen blickt man weit ins Land: Milde besonnte Hügel, Dörfer wie Spielzeug und Berge mit schneeigen Hängen. Und ein Zug kriecht ächzend hindurch. Und weiße Federwolken hängen im Blau ... Die Sonne neigt sich dem endlosen Wäldermeer entgegen ... Und die Mondsichel wird schon sichtbar ... das goldene Gondelschiffchen ... Und wenn nachher die Laternen angezündet werden ... von dem kleinen Laternenmann, weißt du ...

Das alte liebe Dresden! Es ist vorbei mit Königsparaden und Hoflieferanten ... Sogar die rühmlichen Straßenkehrer scheinen ausgewandert zu sein ... Aber noch ist es die alte vornehme Stadt ... Und gerade jetzt!

Leipzig ist das Heute. Und Dresden – das Gestern ... Leipzig ist die Wirklichkeit. Und Dresden – das Märchen ... Und 80 Kilometer Luftlinie liegen zwischen dem Märchen und der Wirklichkeit ...

27. März 1923

Joachim Ringelnatz

Dresden

Die Stadt macht einen ganz barock.
Bemerkenswertes kennst du ja aus Bildern
Und Büchern. Warum das noch schildern.
Und sozusagen scharrt mein Reisestock.

Ich habe Angst, hier zu verwildern.
August der Starke und Paris
Sind weit von diesem Tumerspieß,
Auch Walter von der Vogelwies.

Was sind wir nun an Gas und Miete schuldig?
Antworte nicht. Mit Geld steht's diesmal schlecht.
Vielleicht deshalb bin ich so ungeduldig
Und gegen Dresden billig ungerecht.

Doch hier – das tolle Welt- und Großstadtleben
Zermürbt mich ganz und gar.
Übrigens: Wurzen liegt nicht weit daneben,
Die Stadt, wo meine Mutter mich gebar.

Fort! Tausend Dank den Dresdner Verehrern!
Doch fort von Dresden! Meine Sehnsucht weht
Nach einer Stadt, die nur aus Oberlehrern
Und aus Gemütlichkeit besteht.

Joachim Ringelnatz

Die Leipziger Fliege

Ob wohl die Fliegen Eier in uns legen,
Wenn sie so lange auf uns sitzen bleiben,
Und wir sie, weil wir schlafen, nicht vertreiben?

Man sollte seinen Körper viel mehr pflegen.
Die Fliege, die mich darauf brachte,
Als ich in meinem Mietslogis erwachte,
War eine greisenhafte und ergraute.
Daß ich nur zaghaft mir getraute,
Sie wenigstens ein bißchen totzuschlagen.

Sie sterben im November sowieso
In Leipzig. (Später als wie anderswo.)
Wie können Sterbende doch oft noch plagen,
Das Alter stimmt nicht immer mild.

Sie sind unheimlich dann und boshaft wild.

Doch unter solcher feuchten Sumpfluft leiden
Alle. Leipzig hat seinen Hustenreiz.
Man sollte im November Leipzig meiden,
Nach Frankreich reisen oder in die Schweiz.

Die Fliege hat mir alle Lust genommen.
Ich bin nicht wach und bin auch nicht im Schlaf.
Als müßte ein Gewitter kommen.

Ob wohl ein Blitz je eine Fliege traf?

Ulrich Frank Planitz

Der »Hanswurst« der Neuberin und Büchners »Woyzeck«

Nur wenige Schritte von »Auerbachs Keller«, in dem die Studentenszene von Goethes »Faust« spielt, die das seit 1525 bestehende Lokal weltberühmt machte, liegt der Leipziger Marktplatz. Er ist durch Georg Büchners Drama »Woyzeck« ebenfalls in die Literaturgeschichte eingegangen. Denn dort wurde am 27. August 1824 ein arbeitsloser Perükkenmacher enthauptet, weil er drei Jahre zuvor seine ältere Geliebte, die Baderwitwe Johanna Woost, aus Eifersucht erstochen hatte.

Der hessische Arztsohn Büchner (1813 bis 1837), der selbst Mediziner war, lernte den Fall in der »Zeitschrift für Staatsarzneikunde« kennen, an der sein Vater mitarbeitete. In ihr hatte sich der königlich sächsische Hofrat Clarus auf der Basis seiner beiden gerichtsmedizinischen Gutachten 1821 und 1823 mit dem Mörder Johann Christian Woyzeck beschäftigt. Aus diesen Beiträgen gingen die Zweifel der Ärzte über die Zurechnungsfähigkeit des 41jährigen hervor, der nach seiner Lehre als Friseur Soldat und Diener geworden war und zur Tatzeit als Gelegenheitsarbeiter so wenig Geld ver-

diente, daß er sich nicht einmal mehr eine Schlaf-
stelle leisten konnte.

Hatte der 46jährige Johanna Woost an diesem
Juniabend des Jahres 1821 im Hausgang ihrer Wohnung in der Sandgasse wirklich aus Eifersucht um-
gebracht? Und mußte der verwirrte, vom Leben
hart gebeutelte Mann dafür mit dem Tode bestraft
werden?

Büchners Fragment gebliebenes Drama ist in vier
schwer zu entziffernden Handschriften überliefert
und wurde erst 1879 in einer umstrittenen Fassung
veröffentlicht, die seitdem mehrere Literaturexper-
ten in Frage gestellt und in immer neuen Fassungen
herausgegeben haben.

Dennoch gehört das 1913 im Münchner Resi-
denztheater zum 100. Geburtstag des Autors urauf-
geführte Drama zu den meistgespielten Stücken der
Weltliteratur und hat sie wie kaum ein anderes
deutsches Werk des 19. Jahrhunderts beeinflußt.
So haben sich Gerhart Hauptmann, Frank Wede-
kind, Bert Brecht und Max Frisch stets auf Büchners »Woyzeck« berufen, der als erste soziale Tra-
gödie der deutschen Dichtung gilt. (Auf das geniale
Fragment geht auch Alban Bergs Oper »Wozzeck«
von 1923 zurück, deren falsche Schreibweise der
erste Herausgeber zu verantworten hat.)

Nur wenige Besucher des Stadtgeschichtlichen
Museums im Alten Rathaus werden an diese Wir-

kung denken, wenn sie das Schwert sehen, mit dem der Scharfrichter Körzinger vor mehr als einhundertachtzig Jahren Woyzeck hingerichtet hat. Es ist zudem ja auch viel angenehmer, in »Auerbachs Keller« »Leipziger Allerlei« mit Krebsschwänzen zu verzehren und über die Zeche der vier lustigen Studenten im »Faust« zu reden, als sich »die erbärmliche Wirklichkeit« und den »Geringsten unter den Menschen« vor Augen zu halten, der in Büchners Stück zum ersten Male die Bühne betritt.

Vielleicht denkt der Besucher aber, bevor er Goethe und seinem »Faust« huldigt, zunächst an die Neuberin, wenn er auf dem Weg vom Alten Rathaus zu »Auerbachs Keller« die Grimmaische Straße überquert. Denn nur wenige Gehminuten von hier entfernt, vor dem Grimmaischen Tor, lag der längst aufgelassene Großbosische Garten, wo die Schauspielerin 1737 den Hanswurst von der Bühne verbannte und damit das deutsche Theater reformierte. Büchner, der nie in Leipzig war, hat es mit seinem Stück dann revolutioniert.

Ulrich Frank Planitz, geboren 1936 bei Zwickau, gründete 1990 die Wochenzeitung »Sachsen-Spiegel«, war Sprecher des Beirats der Leipziger Buchmesse und Kurator der Universität Leipzig. Er ist heute Hohenheim-Verleger.

Hans Christian Andersen

In der Sächsischen Schweiz

Wir stiegen stufenweise immer tiefer in ein Tal hinab; es war der Ottowalder Grund. In der wunderbarsten Gestalt erhoben sich hier die Felswände an beiden Seiten, herrlich bewachsen mit Kräutern und buntem Moos; Sträucher und Bäume standen in malerischen Gruppen zwischen den Klüften, tief unten stürzte ein kleiner Bach hin, und oben über uns sahen wir einen schmalen Streifen, ein kleines Stück von dem graubewölkten Himmel. Bald traten die Felswände so nahe aneinander, daß wir nur noch einer hinter dem andern gehen konnten; drei ungeheure Felsblöcke waren von oben herabgestürzt und bildeten ein natürliches Gewölbe, unter dem wir durchgehen mußten.

Das Tal ward nun mit einem Mal breiter, dann wieder schmäler, wir betraten die »Teufelsküche«, eine wilde Felskluft, wo die übereinandergestürzten Felsmassen eine lange, essenförmige Öffnung gebildet hatten. Ich blickte durch dieselbe nach oben, einige Wolken zogen gerade darüber weg, und es war, als ob ein gespenstiges Wesen sich davonmachte, hinaus in die freie Luft.

Es ging immer vorwärts, und immer änderte sich das große Panorama um uns her.

Ein großes, hübsches Gebäude lag vor uns, es war das »Wirtshaus auf der Bastei«. Hier ist es hoch, sehr hoch! Du mußt ein paar Kirchtürme aufeinander setzen und dann nicht schwindlig dabei werden, wenn du auf der obersten Spitze stehst. Ein Gitter ist angebracht, damit du nicht fällst! – Das lange weißgelbe Band dort unten, das vor deinen Augen nicht breiter aussieht als das Trottoir auf der Straße, ist die Elbe; das gelbbraune Pappelblatt, das du schwimmen zu sehen glaubst, ist ein langer Flußkahn; du kannst auch, aber nur wie kleine Punkte, die Menschen darauf erkennen! Versuche es, einen Stein in die Elbe hinabzuwerfen, du mußt deine ganze Kraft anwenden, er erreicht sie doch nicht, sondern fällt diesseits ins Gras. Die Dörfer liegen dort unten, wie Spielzeug auf einem Jahrmarktstisch. Dort erhebt sich der Königstein und der Lilienstein hoch in den Wolkennebel hinein; aber sieh, dieser zerteilt sich! Sonnenstrahlen fallen auf den Pfaffenstein und die Kuppelberge! Der ganze Wolkenvorhang hebt sich, und in der blauen Ferne siehst du die böhmischen Rosenberge und den Geisingberg im Erzgebirge.

Dicht neben uns, links, erheben sich nun wilde Felsstücke aus dem Abgrund, und aus der Tiefe steigt ein gemauerter Pfeiler empor, auf dem eine Brücke ruht, welche die Bastei mit dem Felsenschloß verbindet. In der Felsschlucht unter uns ist es ganz dunkel; der Führer zeigte uns in den Felsen Spuren davon, daß hier früher Menschen gelebt haben; wir sahen Klüfte eingehauen, wo sie lebten und sich umhertummelten. Es sieht aus, als ob die große Felsmasse gesprengt sei, als ob eine mächtige Naturkraft hier versucht habe, unsern stolzen Erdball zu spalten.

Der Weg schlängelte sich an dem tiefen Abgrund entlang, Felswände und Klüfte wechselten miteinander.

Die ganze Natur war mir eine große lyrische Dichtung in jedem möglichen Versmaß. Der Bach zankte in den vortrefflichsten Jamben über die vielen Steine, die ihm im Wege lagen, die Felsen standen so breit und stolz da, wie respektable Hexameter. Die Schmetterlinge flüsterten den Blumen Sonette zu, indem sie ihre duftenden Blätter küßten, und alle Singvögel zwitscherten, jeder wie ihm der Schnabel gewachsen, in sapphischen und alcäischen Versen. Ich hingegen – schwieg und will auch hier schweigen.

Nun führte der Weg nach Hohnstein und Schandau, aber erst wollten wir einen kleinen Abstecher machen, um die seltsame Partie bei der »Teufelsbrücke« zu sehen. Der Teufel hat wirklich Geschmack. Jede Stelle, die seinen Name trägt oder auf ihn hindeutet, hat etwas Pikantes. Es sind die allerromantischsten Gegenden, die man mit seinen

Interessen in Verbindung gesetzt hat. Wie gesagt, er hat Geschmack, und das ist eine gute Eigenschaft.

Die Teufelsbrücke ist gleichsam hingeworfen über eine Schlucht zwischen zwei senkrechten Felsen; ein Berg ist hier gespalten von seiner obersten Spitze bis an den grünen Fuß; aber die ganze Öffnung ist nur ungefähr 4 bis 5 Ellen breit. Einige Schritte davon ist noch eine ähnliche tiefe Spalte; aber diese geht in wunderlichem Zickzack und bildet gleichsam eine Art Gang. Durch den Dichter Kind hat diese Stelle ein eigenes Interesse bekommen, indem er die Beschwörungsszene im *Freischütz* hierher verlegt hat. Diese tiefe Spalte ist die vom Theater her bekannte »Wolfsschlucht«, sieht aber nichts in der Welt weniger ähnlich als der Dekoration, durch die man sie gewöhnlich darstellt; es würde übrigens auch sehr schwierig sein, das Ganze darzustellen, wie es sich in der Wirklichkeit zeigt.

Von des Felsens höchster Spitze steigt man durch diese Spalte ins Tal hinunter; die Felsstücke sind einander so nahe, daß man nur einer hinter dem andern gehen kann; bald klettert man an einer Leiter hinab, bald findet man Stufen in den Felsen eingehauen, und ganz unten befindet man sich zuletzt in einer engen Höhle, in der nicht mehr als drei bis vier Menschen Platz haben.

»Hilf Samiel!« riefen wir, als wir noch kaum die Hälfte hinabgestiegen waren; denn hier schien es bedenklich zu sein. Jedes Mal, wenn wir um ein Felsstück herumkamen, von dem wir glaubten, daß es den Ausgang verberge, lag noch immer ein tiefer Abgrund unter uns.

Der dänische Dichter Hans Christian Andersen (1805–1875) hat Deutschland mehrfach bereist und beschrieben.

Peter Rosegger

Die kleinen Alpen

Wenn es einmal Riesen gegeben hat – und daran zweifle ich nicht, denn meine Großmutter hat es oft gesagt – und wenn diese Riesen auch geschmackvolle Künstler gewesen sind, dann kann ich mir die Sächsische Schweiz erklären.

Da werden sie einmal zueinander gesagt haben: Was doch dieses Land an der Elbe so öde und leer ist! Wie nimmt sich dagegen da oben das Salzburger Land und die Steiermark und die Schweiz so prächtig aus, da stehen neben den grünen Wiesen und den blauen Flüssen und Seen die großen Berge mit dunkeln Hochwäldern und grauen Felswänden! – Wäret ihr alle dabei, wenn wir hergingen und uns auch so etwas bauten? Und wahrhaftig, sie gingen her, brachen Felsmassen von den südlichen Alpen und vom näheren Riesengebirge und schleppten sie hinab an die Elbe und legten sie an beiden Ufern derselben übereinander und bauten Wände und Türme und nebenhin an den kleineren Bächen bildeten sie Schluchten mit Zacken und Hörnern und Höhlen und allerhand sonderbaren Gestalten. Dazwischen ließen sie aber tiefe dunkelgrüne Täler frei und neben und an und über den Felsen pflanzten sie Laub- und Nadelwälder, und hinter denselben, in

Schluchten, errichteten sie Wasserfälle und gruben Tiefen in die Unterwelt.

Und nun hatten die Riesen an der Elbe eine Gebirgswelt voll Wildpracht, wie sie die vielgerühmte Schweiz hat, da oben hinter dem Rhein. Die Schweiz ist zwar schön in ihrer Großartigkeit, aber ihre Großartigkeit ist gar nicht mehr bequem für den Menschen; die Natur scheint dieses Land auch gar nicht für den Menschen gemacht zu haben, sondern für sich selbst. Das Bergland an der Elbe aber hatte die Schönheiten der Natur mit dem Ebenmaß der Kunst vereinigt; es war eigentlich eine ungeheuere Bildhauerarbeit. Und dazu war das Bergland ganz für den Menschen zurechtgelegt; es war ein Steingebirge, aber deshalb nicht unfruchtbar, es war eine wildromantische Felsenwelt, aber deshalb nicht unzugänglich. – Und eben aus diesen letzten Umständen ist zu schließen, daß die Schweiz an der Elbe von kunstfertiger Menschenhand der Riesen gebaut worden ist.

Dergleichen Dinge dachte ich mir, als ich durch die Schluchten des Meißner Hochlandes schritt. Mein Gott, man denkt dann einmal allerhand kindisches Zeug, wenn man so allein und in sich gekehrt dahinschlendert. Als mich endlich die gut angelegten Wege auf Anhöhen führten, fast ohne daß ich's merkte, und ich plötzlich keine Wildbäche und Felswände mehr sah, sondern zwischen sich weithin ziehenden Kornfeldern stand, da wurde mein Denken ein anderes – nüchterner und vernünftiger.

Dieses Gebirge der Sächsischen Schweiz konnte eigentlich nur durch Vertiefungen entstanden sein, das heißt, die Gegend mußte einst eine Hochebene oder ein einfaches Hügelland gewesen sein. Da kamen Wässer, schwemmten sich Betten, rissen Gräben in das Erdreich, nagten an dem Gesteine und höhlten all die Schluchten. Und als das Wasser schon längst unten in den Tiefen dahinbrauste, begannen an den entblößten Felsen auch andere Bildhauer zu arbeiten, nämlich die Luft, der Frost und die Sonne, und so sind die eigentümlichen Felsbildungen zustande gekommen. Zu all dem senkte sich verwitternd fruchtbares Erdreich zwischen das Gestein und in seine Risse und Klüfte, und so wuchs in und aus denselben überall der kräftige Wald.

Vom Elbetal aus meint man sich in weiß was für einem Hochgebirge zu befinden, besteigt man aber eine der nahen, kastellartigen Felswände, so steht man erst in gleicher Höhe mit dem übrigen Boden des Meißner Hochlandes. Nur wenige Berge, wie zum Beispiel der Große und Kleine Winterberg, der Lilienstein, der Königstein, erheben sich über die normale Höhe.

Diese hier so überaus seltsame Natur haben die Menschen früh aufgefunden, haben auf die Höhen

Häuser und in die Täler Städte gebaut, haben die Flüsse geregelt, überbrückt, Wege und breite Straßen angelegt und dieselben gepflastert und gewahrt; zu den Felsenzinnen hinan haben sie Treppen gebaut und oben sichere Geländer und hohe Türme hingestellt und auch bequeme Gasthäuser dazu. Und der Elbe entlang haben sie Segel- und Dampfschiffe flott gemacht und feste Straßen und Eisenbahnen angelegt, damit nun von Süden und Norden die Menschen kommen sollten zu sehen, was da auf diesem Fleck Erde für ein Land und Leben ist. Und sie kommen.

Schon im Frühlingsmonate strömen sie heran aus allen Gegenden, Reiche und Arme, Gesunde und Kranke, Herren und Diener – und solche, die schon gehadert mit dem Leben, weil es ihnen für ihre Millionen keine Lust und Zerstreuung mehr bieten wollte, werden in diesem Hochländchen wieder für einige Tage munter. Da entfaltet sich denn in den Prachtanlagen ein lautes, klingendes Leben, und der Sachse lächelt schlau dazu und schlägt reiche Zinsen aus den Felsen seines Berglandes.

Der Sachse ist aber auch ein Mensch, der sich sehen lassen darf vor den Fremden aus dem Süd- und aus dem Nordlande. In diesem Hochlande wohnt ein gescheites Völkchen: gleich auf den ersten Blick merkt der Fremde die Kultur; sie drückt sich aus in den freundlichen, reinlichen Wohnungen, in der bequemen einfachen Kleidung und in der zutraulichen, entschiedenen Ausdrucksweise. Kein einziger ist mir auf meinen Wanderungen in der Sächsischen Schweiz begegnet, der mir nicht zuvorkommend einen »guten Tach« geboten hätte. Und wenn ich um den Weg fragte, so wußte man mir denselben stets so einfach und bestimmt zu erklären, daß es eine Freude war. Es mochte vielleicht Zufall sein, aber auffallend war, daß mir auf dem ganzen Wege kein Bettler begegnete wie sonst in dergleichen Gegenden.

Selbst Kinder, die sich als Führer anbieten, wissen das ohne alle Zudringlichkeit und doch entschieden zu tun. »Herr«, sagen sie nach der Begrüßung, »wollen Sie, daß ich Ihnen den Weg und die schönen Punkte zeige und etwas trage, ich habe jetzt Zeit und möchte mir gern ein wenig verdienen!« Und wenn man den gebotenen Dienst ablehnt, so lüften sie wieder das Käppchen und ziehen ihrer Wege ...

Mir hat's wohlgetan in diesem sächsischen Kleinalpenländlein.

Der österreichische Schriftsteller Peter Rosegger (1843–1918) lernte auf seinen Reisen auch die Sächsische Schweiz kennen.

Edwin Bormann

Lilienstein

Ä Heifer-Spegulant aus Dräsen
Is neilich ämal hier gewesen,
Der meende: »Heernse wärklich nee,
Da dhut een 's Herz in Leiwe weh.
Der Liljensteen so breet un groß
Steht je der Elw' in Wege blos;
Ä Gerl so dickbeleibt wie der,
Geeb' manches dausend Quadern her!
Soll sich de Gegend hier rendiren,
Da miss' mersche hibsch glatt planiren«.

Königstein, eine jungfräuliche Festung

Ä Mägdlein gibbt's in Sachsenland,
Is Mamsell Geenigstein benannt.
De Daille, die se hawen dhut,
Die mißt zwee Gilomeder gut.

Ihr Kleed is warm un recht gombakt
Aus Sandsteen, own ausgezackt.
Un ihre Stimme, wenn se schreit,
Die hert mer, bumm! drei Stunden weit.

Noch geener hat sich 'rangetraut,
Zu kräfdig is se all'n gebaut.
Doch krigt se niemals ooch än Mann,
Se schaut sich gans vergnieglich an.
Gurzum, es lehrt der Geenigstein,
Mit Grazje alde Jumfer fein.

Schrammsteine

Nee heernse, die Klifde, die Schlinde, die Spalden,
Das is je bald gaum mehr fer meeglich ze halden!
Das is je gerade, weeßkneppchen hier owen,
Als hädde der Deiwel Gegel geschowen!
Un heernse, wenn gar ä Gewidder nu gimmt,
Der Stormwind ritschratsch bein Schlaffitchen een
                                    nimmt,
Wenn gräßliche Blitze de Lifde dorchzischen,
Un schaurige Donner derzwischen sich mischen –
Da bereit 's der Mensch doch gans gewiß,
Daß er nich ze Hause gebliewen is.

Bastei

Steil ragt der Felsen der Bastei
Als gleichsamm wie: Ich bin so frei!
Das Bischen Mensch, was owen steht,
Von wirz'gen Waldesduft umweht,

Hoch iewer'n Alldags-Einerlei,
Es jauchzt: Ooch ich, ich bin so frei!
Un spricht der Awendsonne Strahl:
Adjee, mei liewes Elwedhal!
O Menschenherze, nich wahr nich,
Das is so gans ewas fer dich?

*Die Gedichte stammen aus dem Mundart-Buch
»Die Säk'sche Schweiz und das geliebte Dräsen«
von Edwin Bormann, geboren 1851 in Leipzig,
gestorben 1912 ebenda. Der Titel seines Buches
»Jedes Thierchen hat sein Pläsierchen« hat den
deutschen Zitatenschatz bereichert.*

Lene Voigt

De säk'sche Lorelei

Ich weeß nich, mir isses so gomisch
Un ärchendwas macht mich verschtimmt.
S'is meechlich, das is anadomisch,
Wie das ähmd beim Mänschen oft gimmt.

De Älwe, die bläddschert so friedlich,
Ä Fischgahn gommt aus dr Tschechei.
Drin sitzt 'ne Familche gemiedlich,
Nu sinse schon an dr Bastei.

Un ohm uffn Bärche, nu gugge,
Da gämmt sich ä Freilein ihrn Zobb.
Se schtriecheltn glatt hibbsch mit Schbugge,
Dann schtäcktsn als Gauz uffn Gobb.

Dr Vader da unten im Gahne
Glotzt nuff bei das Weib gans entzickt.
De Mudder meent draurich: »Ich ahne,
Die macht unsern Babbah verrickt.«

Nu fängt die da ohm uffn Fälsen
Zu sing ooch noch an ä Gubbleh.
Dr Vader im Gahn dud sich wälsen
Vor Lachen un jodelt: »Juchheh!«

»Bist schtille«, schreit ängstlich Ottilche.
Schon gibbelt gans forchtbar dr Gahn,
Un blätzlich versinkt de Familche ...
Nee, Freilein, was hamse gedan!

Lene Voigt (1891–1962) wurde 1937 mit einem Berufsverbot belegt und lebte seit 1940 in einem Leipziger Heim. Ihre Werke wurden erst 1946 wiederentdeckt.

Literarisches Kaleidoskop

Paul Gerhardt

Nun ruhen alle Wälder

Nun ruhen alle Wälder,
Vieh, Menschen, Städt und Felder,
es schläft die ganze Welt.
Ihr aber, meine Sinnen,
auf, auf, ihr sollt beginnen,
was eurem Schöpfer wohlgefällt!

Wo bist du, Sonne, blieben?
Die Nacht hat dich vertrieben,
die Nacht, des Tages Feind.
Fahr hin, ein andre Sonne,
mein Jesus, meine Wonne,
gar hell in meinem Herzen scheint.

Der Tag ist nun vergangen,
die güldnen Sternlein prangen
am blauen Himmelssaal.
Also werd' ich auch stehen
wenn mich wird heißen gehen
mein Gott aus diesem Jammertal.

Der Leib eilt nun zur Ruhe,
legt ab das Kleid und Schuhe,
das Bild der Sterblichkeit,
die zieh ich aus: dagegen
wird Christus mir anlegen
den Rock der Ehr und Herrlichkeit.

Das Haupt, die Füß und Hände
sind froh, daß nun zum Ende
die Arbeit kommen sei.
Herz, freu dich, du sollst werden
vom Elend dieser Erden
und von der Sünden Arbeit frei.

Nun geht, ihr matten Glieder,
geht hin und legt euch nieder,
der Betten ihr begehrt.
Es kommen Stund' und Zeiten,
da man euch wird bereiten
zur Ruh' ein Bettlein in der Erd.

Mein Augen stehn verdrossen,
im Nu sind sie geschlossen;
wo bleibt dann Leib und Seel?
Nimm sie zu deinen Gnaden,
sei gut für allen Schaden,
du Aug' und Wächter Israel.

Breit aus die Flügel beide,
o Jesu, meine Freude,
und nimm dein Küchlein ein;
will Satan mich verschlingen,
so laß die Englein singen:
Dies Kind soll unverletzet sein!

Auch euch, ihr meine Lieben,
soll heute nicht betrüben
kein Unfall noch Gefahr;
Gott laß euch ruhig schlafen,
stell' euch die güldnen Waffen
ums Bett und seiner Helden Schar.

Paul Gerhardt, der berühmte protestantische Kirchenlieddichter, war von 1622 bis 1627 Zögling der Fürstenschule zu Grimma

Christian Fürchtegott Gellert

Die Ehre Gottes in der Natur

Die Himmel rühmen des Ewigen Ehre,
Ihr Schall pflanzt seinen Namen fort.
Ihn rühmt der Erdkreis, ihn preisen die Meere;
Vernimm, o Mensch, ihr göttlich Wort!

Wer trägt der Himmel unzählbare Sterne?
Wer führt die Sonn aus ihrem Zelt?
Sie kömmt und leuchtet und lacht uns von ferne,
Und läuft den Weg, gleich als ein Held.

Vernimm's, und siehe die Wunder der Werke,
Die die Natur dir aufgestellt!
Verkündigt Weisheit und Ordnung und Stärke
Dir nicht den Herrn, den Herrn der Welt?

Kannst du der Wesen unzählbare Heere,
Den kleinsten Staub fühllos beschaun?
Durch wen ist alles? O gib ihm die Ehre!
Mir, ruft der Herr, sollst du vertraun.

Mein ist die Kraft, mein ist Himmel und Erde;
An meinen Werken kennst du mich.
Ich bin's, und werde sein, der ich sein werde,
Dein Gott und Vater ewiglich.

Ich bin dein Schöpfer, bin Weisheit und Güte,
Ein Gott der Ordnung und dein Heil;
Ich bin's! Mich liebe von ganzem Gemüte,
Und nimm an meiner Gnade teil.

Christian Fürchtegott Gellert

Der Tanzbär

Ein Bär, der lange Zeit sein Brot ertanzen müssen,
Entrann, und wählte sich den ersten Aufenthalt.
Die Bären grüßten ihn mit brüderlichen Küssen,
Und brummten freudig durch den Wald.
Und wo ein Bär den andern sah:
So hieß es: Petz ist wieder da!
Der Bär erzählte drauf, was er in fremden Landen
Für Abenteuer ausgestanden,
Was er gesehn, gehört, getan!
Und fing, da er vom Tanzen redte,
Als ging er noch an seiner Kette,
Auf polnisch schön zu tanzen an.
Die Brüder, die ihn tanzen sahn,
Bewunderten die Wendung seiner Glieder,
Und gleich versuchten es die Brüder;
Allein anstatt, wie er, zu gehn:
So konnten sie kaum aufrecht stehn,
Und mancher fiel die Länge lang danieder.
Um desto mehr ließ sich der Tänzer sehn;
Doch seine Kunst verdroß den ganzen Haufen.
Fort, schrien alle, fort mit dir!
Du Narr willst klüger sein, als wir?
Man zwang den Petz, davonzulaufen.

Sei nicht geschickt, man wird dich wenig hassen,
Weil dir dann jeder ähnlich ist;
Doch je geschickter du vor vielen andern bist:
Je mehr nimm dich in acht, dich prahlend sehn zu
lassen.
Wahr ists, man wird auf kurze Zeit
Von deinen Künsten rühmlich sprechen;
Doch traue nicht, bald folgt der Neid,
Und macht aus der Geschicklichkeit
Ein unvergebliches Verbrechen.

Gotthold Ephraim Lessing

Minna von Barnhelm: »Ei, ei! aus Sachsen!«

DER WIRT. Ohne Zweifel kennen Ihro Gnaden schon die weisen Verordnungen unserer Polizei. –

DAS FRÄULEIN. Nicht im geringsten, Herr Wirt –

DER WIRT. Wir Wirte sind angewiesen, keinen Fremden, wes Standes und Geschlechts er auch sei, vier und zwanzig Stunden zu behausen, ohne seinen Namen, Heimat, Charakter, hiesige Geschäfte, vermutliche Dauer des Aufenthalts, und so weiter, gehörigen Orts schriftlich einzureichen.

DAS FRÄULEIN. Sehr wohl.

DER WIRT. Ihro Gnaden werden also sich gefallen lassen – *(indem er an einen Tisch tritt, und sich fertig macht, zu schreiben)*

DAS FRÄULEIN. Sehr gern. – Ich heiße –

DER WIRT. Einen kleinen Augenblick Geduld! – *(Er schreibt)*

»Dato, den 22. August a. c. allhier zum Könige von Spanien angelangt« – Nun Dero Namen, gnädiges Fräulein?

DAS FRÄULEIN. Das Fräulein von Barnhelm.

DER WIRT *(schreibt)*. »von Barnhelm« – Kommend? woher, gnädiges Fräulein?

DAS FRÄULEIN. Von meinen Gütern aus Sachsen.

DER WIRT (*schreibt*). »Gütern aus Sachsen« –
Aus Sachsen! Ei, ei, aus Sachsen, gnädiges Fräulein?
aus Sachsen?

FRANZISKA. Nun? warum nicht? Es ist doch wohl
hier zu Lande keine Sünde, aus Sachsen zu sein?

DER WIRT. Eine Sünde? behüte! das wäre ja eine
ganz neue Sünde! – Aus Sachsen also? Ei, ei! aus
Sachsen! das liebe Sachsen! – Aber wo mir recht ist,
gnädiges Fräulein, Sachsen ist nicht klein, und hat
mehrere, – wie soll ich es nennen? – Distrikte,
Provinzen. – Unsere Polizei ist sehr exakt, gnädiges
Fräulein. –

DAS FRÄULEIN. Ich verstehe: von meinen Gütern
aus Thüringen also.

DER WIRT. Aus Thüringen! Ja, das ist besser,
gnädiges Fräulein, das ist genauer.

Friedrich Schiller

An die Freude

Freude, schöner Götterfunken,
Tochter aus Elysium,
Wir betreten feuertrunken
Himmlische, dein Heiligtum.
Deine Zauber binden wieder,
Was die Mode streng geteilt,
Alle Menschen werden Brüder,
Wo dein sanfter Flügel weilt.
Seid umschlungen Millionen!
Diesen Kuß der ganzen Welt!
Brüder – überm Sternenzelt
Muß ein lieber Vater wohnen.

...

Freude sprudelt in Pokalen,
In der Traube gold'nem Blut
Trinken Sanftmut Kannibalen,
Die Verzweiflung Heldenmut.
Brüder fliegt von euren Sitzen,
Wenn der volle Römer kreist,
Laßt den Schaum zum Himmel spritzen:
Dieses Glas dem guten Geist!
Den der Sterne Wirbel loben,

Den des Seraphs Hymne preist,
Dieses Glas dem guten *Geist,*
Überm Sternenzelt dort oben!

Festen Mut in schwerem Leiden,
Hülfe, wo die Unschuld weint,
Ewigkeit geschwor'nen Eiden,
Wahrheit gegen Freund und Feind,
Männerstolz vor Königsthronen,
Brüder, gält es Gut und Blut!
Dem Verdienste seine Kronen,
Untergang der Lügenbrut!
Schließt den heil'gen Zirkel dichter,
Schwört bei diesem gold'nen Wein,
Dem Gelübde treu zu sein,
Schwört es bei dem Sternenrichter! ...

Schiller hat seine (hier gekürzte) Ode »An die Freu-de« in Gohlis bei Leipzig begonnen und in Losch-witz bei Dresden vollendet. Hier wie dort war er Gast seines wohlhabenden Freundes Christian Gottfried Körner, des Vaters des Dichters Theodor Körner, und einiger anderer Verehrer.

Johann Wolfgang von Goethe

Marienbader Elegie

Und wenn der Mensch in seiner Qual verstummt,
Gab mir ein Gott zu sagen was ich leide.

Was soll ich nun vom Wiedersehen hoffen,
Von dieses Tags noch geschloss'ner Blüte?
Das Paradies, die Hölle steht dir offen;
Wie wankelsinnig regt sich's im Gemüte!
Kein Zweifeln mehr! Sie tritt an's Himmelstor,
Zu ihren Armen hebt sie dich empor.

So warst du denn im Paradies empfangen,
Als wärst du wert des ewig schönen Lebens;
Dir blieb kein Wunsch, kein Hoffen, kein Verlan-
gen,
Hier war das Ziel des innigsten Bestrebens,
Und in dem Anschaun dieses einzig Schönen
Versiegte gleich der Quell sehnsüchtiger Tränen.

Wie regte nicht der Tag die raschen Flügel,
Schien die Minuten vor sich her zu treiben!
Der Abendkuß, ein treu verbindlich Siegel:
So wird es auch der nächsten Sonne bleiben.
Die Stunden glichen sich in zartem Wandern
Wie Schwestern zwar, doch keine ganz den andern.

Der Kuß der letzte, grausam süß, zerschneidend
Ein herrliches Geflecht verschlungner Minnen.
Nun eilt, nun stockt der Fuß die Schwelle meidend,
Als trieb' ein Cherub flammend ihn von hinnen;
Das Auge starrt auf düstrem Pfad verdrossen,
Es blickt zurück, die Pforte steht verschlossen.

...

Verlaßt mich hier, getreue Weggenossen!
Laßt mich allein am Fels, in Moor und Moos;
Nur immer zu! euch ist die Welt erschlossen,
Die Erde weit, der Himmel hehr und groß;
Betrachtet, forscht, die Einzelheiten sammelt,
Naturgeheimnis werde nachgestammelt.

Mir ist das All, ich bin mir selbst verloren,
Der ich noch erst den Göttern Liebling war;
Sie prüften mich, verliehen mir Pandoren,
So reich an Gütern, reicher an Gefahr;
Sie drängten mich zum gabeseligen Munde,
Sie trennen mich, und richten mich zu Grunde.

*Der 74jährige Goethe schrieb dieses (hier gekürzte)
Gedicht 1823 nach dem Abschied von der 19jäh-
rigen Ulrike von Levetzow, einer gebürtigen Leip-
zigerin.*

Joseph von Eichendorff

Weihnachten

Markt und Straßen stehn verlassen, still erleuchtet jedes Haus,

Sinnend geh ich durch die Gassen, alles sieht so festlich aus.

An den Fenstern haben Frauen buntes Spielzeug fromm geschmückt,

Tausend Kindlein stehn und schauen, sind so wundervoll beglückt.

Und ich wandre aus den Mauern bis hinaus ins freie Feld,

Hehres Glänzen, heil'ges Schauern! Wie so weit und still die Welt!

Sterne hoch die Kreise schlingen; aus des Schnees Einsamkeit

Steigts wie wunderbares Singen – o du gnaden- reiche Zeit!

Eichendorff hat in Halle Jura und Philosophie stu- diert. 1813 trat er wie Theodor Körner, mit dem er befreundet war, ins Lützowsche Freikorps ein.

Theodor Fontane

Das Trauerspiel von Afghanistan

Der Schnee leis stäubend vom Himmel fällt,
Ein Reiter vor Dschellalabad hält,
»Wer da?« – »Ein britischer Reitersmann,
Bringe Botschaft aus Afghanistan.«

Afghanistan! Er sprach es so matt,
Es umdrängt den Reiter die halbe Stadt,
Sir Robert Sale, der Kommandant,
Hebt ihn vom Rosse mit eigener Hand.

Sie führen ins steinerne Wachthaus ihn,
Sie setzen ihn nieder an den Kamin,
Wie wärmt ihn das Feuer, wie labt ihn das Licht,
Er atmet hoch auf und dankt und spricht:

»Wir waren dreizehntausend Mann,
Von Kabul unser Zug begann,
Soldaten, Führer, Weib und Kind,
Erstarrt, erschlagen, verraten sind.

Zersprengt ist unser ganzes Heer,
Was lebt, irrt draußen in Nacht umher,
Mir hat ein Gott die Rettung gegönnt,
Seht zu, ob den Rest ihr retten könnt.«

Sir Robert stieg auf den Festungswall,
Offiziere, Soldaten folgten ihm all',
Sir Robert sprach: »Der Schnee fällt dicht,
Die uns suchen, sie können uns finden nicht.

Sie irren wie Blinde und sind uns so nah,
So laßt sie's hören, daß wir da,
Stimmt an ein Lied von Heimat und Haus,
Trompeter blast in die Nacht hinaus!«

Da huben sie an und sie wurden's nicht müd',
Durch die Nacht hin klang es Lied um Lied,
Erst englische Lieder mit fröhlichem Klang,
Dann Hochlandslieder wie Klagegesang.

Sie bliesen die Nacht und über den Tag,
Laut, wie nur die Liebe rufen mag,
Sie bliesen – es kam die zweite Nacht,
Umsonst, daß ihr ruft, umsonst, daß ihr wacht.

Die hören sollen, sie hören nicht mehr,
Vernichtet ist das ganze Heer,
Mit dreizehntausend der Zug begann,
Einer kam heim aus Afghanistan.

*Fontane 1857 über den ersten anglo-afghanischen
Krieg (1839–1842).*

Friedrich Nietzsche

Das trunkene Lied

O Mensch! Gib acht!
Was spricht die tiefe Mitternacht?
»Ich schlief, ich schlief –,
Aus tiefem Traum bin ich erwacht: –
Die Welt ist tief,
Und tiefer als der Tag gedacht.
Tief ist ihr Weh –,
Lust – tiefer noch als Herzeleid:
Weh spricht: Vergeh!
Doch alle Lust will Ewigkeit –,
Will tiefe, tiefe Ewigkeit!«

Joachim Ringelnatz

Ein Nagel saß in einem Stück Holz

Ein Nagel saß in einem Stück Holz.
Der war auf seine Gattin sehr stolz.
Die trug eine goldene Haube
Und war eine Messingschraube.
Sie war etwas locker und etwas verschraubt,
Sowohl in der Liebe, als auch überhaupt.
Sie liebte ein Häkchen und traf sich mit ihm
In einem Astloch. Sie wurden intim.
Kurz, eines Tages entfernten sie sich
Und ließen den armen Nagel im Stich.
Der arme Nagel bog sich vor Schmerz.
Noch niemals hatte sein eisernes Herz
So bittere Leiden gekostet.
Bald war er beinah verrostet.

Da aber kehrte sein früheres Glück,
Die alte Schraube wieder zurück.

Sie glänzte übers ganze Gesicht.
Ja, alte Liebe, die rostet nicht!

Erich Kästner

Sachliche Romanze

Als sie einander acht Jahre kannten
(Und man darf sagen: sie kannten sich gut),
Kam ihre Liebe plötzlich abhanden.
Wie andern Leuten ein Stock oder Hut.

Sie waren traurig, betrugen sich heiter,
Versuchten Küsse, als ob nichts sei,
Und sahen sich an und wußten nicht weiter.
Da weinte sie schließlich. Und er stand dabei.

Vom Fenster aus konnte man Schiffen winken.
Er sagte, es wäre schon Viertel nach vier
Und Zeit, irgendwo Kaffee zu trinken.
Nebenan übte ein Mensch Klavier.

Sie gingen ins kleinste Café am Ort
Und rührten in ihren Tassen.
Am Abend saßen sie immer noch dort.
Sie saßen allein, und sie sprachen kein Wort
Und konnten es einfach nicht fassen.

Erich Kästner

Der dreizehnte Monat

Wie säh er aus, wenn er sich wünschen ließe?
Schaltmonat wär? Vielleicht Elfember hieße?
Wem zwölf genügen, dem ist nicht zu helfen.
Wie säh er aus, der dreizehnte von zwölfen?

Der Frühling müßte blühn in holden Dolden,
Jasmin und Rosen hätten Sommerfest.
Und Äpfel hingen, mürb und rot und golden,
im Herbstgeäst.

Die Tannen träten unter weißbeschneiten
Kroatenmützen aus dem Birkenhain
und kauften auf dem Markt der Jahreszeiten
Maiglöckchen ein.

Adam und Eva lägen in der Wiese.
Und liebten sich in ihrem Veilchenbett,
als ob sie niemand aus dem Paradiese
vertrieben hätt.

Das Korn wär gelb. Und blau wären die Trauben.
Wir träumten, und die Erde wär der Traum.
Dreizehnter Monat, laß uns an dich glauben!
Die Zeit hat Raum!

Verzeih, daß wir so kühn sind, doch zu schildern.
Der Schleier weht. Dein Antlitz bleibt verhüllt.
Man macht, wir wissen's, aus zwölf alten Bildern
kein neues Bild.

Drum schaff dich selbst! Aus unerhörten Tönen!
Aus Farben, die kein Regenbogen zeigt!
Plündre den Schatz des ungeschehen Schönen!
Du schweigst? Er schweigt.

Es tickt die Zeit. Das Jahr dreht sich im Kreise.
Und werden kann nur, was schon immer war.
Geduld, mein Herz. Im Kreise geht die Reise.
Und dem Dezember folgt der Januar.

Sächsisches Allerlei

Ernst von Wolzogen
Unsere lieben Sachsen

De mehrschten Deitschen sin aus Sachsen,
das merkt der Mensch auf Reisen schnell.
Aus Chemnitz, wo de Schtrimpe wachsen,
aus Dresden, wo se hellisch hell,
aus Leipzig, wo se egal drucken –
der Sachse kriegt den Kram nich satt –
un alles muß er sich begucken,
was uf der Welt zwee Sternchen hat. –

Wenn du ein schtilles Blätzchen fandest,
sei's deiner Heimat fern, sei's nah –
wenn du bei den Lofoten landest –
e Sachse is gewiß schon da.
Wenn dich de heechsten Gipfel griesen,
zieht es dich in de Wieste hin –
liegt dir e Baradies zu Fießen,
e Sachse liegt schon mitten drin. –

Der Sachse läbt uf Reisen billig:
Zwee deilen sich in die Bortion.
Wenn mer zufrieden is un willig,

nu ja – nu nee, da geht's ooch schon.
Dem, der e Sachse von Gebliet is,
das Läben doppelt freindlich winkt,
weil er boedisch von Gemied is –
un nich so schtarken Gaffee drinkt.-

In Sachsen gibt's de mehrschten Danten,
das schteht Sie fest wie ein Axiom ...
Un geht der ganze Knätsch zuschanden –
de Dante, die muß mit nach Rom.
Sei gutes Dantchen, wenn's ooch humbelt,
bloß, daß du dich dran laben gannst,
find'st du se da, so hibsch verschrumbelt,
grad vor ne Venus hingepflanzt.

Der Sachse, der is unersetzlich
als Bannerträger der Guldur.
Nur wärkt er oft merkwärdig bletzlich
in der umgäbenden Nadur. –
Er is von Wißbegier geladen
un hat für's Keische keenen Sinn –
schwärmst du von heimlichen Geschdaden,
brillt er: »Da mach'n mer ooch noch hin!«

Drum wackrer Deitscher sei nur friedlich
un bänd'ge deinen Schimpfinstinkt;
de Welt is iewerall gemiedlich,
soweit de säch'sche Zunge klingt.

Der Sachse, der dud nischt zerdeppern,
für den bleibt schtets de Hoffnung schtehn –
es wärd sich schon zusammenläbbern;
nu ja – das Leben is doch scheen! –

Ernst Freiherr von Wolzogen (1855–1934) war
nach dem Studium der Literatur, Philosophie und
Kunstgeschichte in Straßburg und Leipzig eine
Zeitlang Vorleser des Großherzogs von Sachsen in
Weimar.

Waldemar Staegemann

An die sächsische Sprache

Du bist so weech, du bist so hart,
du bist so derb, du bist so zart
wie ene Wiesenblume.
Der, wer dich spricht, der, wer dich schreibt,
un das nur leichteweg betreibt,
mampft Semmel ohne Kruhme.

Was in dir singt, was aus dir klingt,
die Kurve, die dich sanft durchschwingt,
das leise Musizieren;
Daß, wenn s'ch ooch Gift in dir versteckt,
's doch wie gutart'cher Kaffee schmeckt,
das kann mir imbonieren!

Du bist nich bees, un triffst doch gut,
bist voll melod'schem Bildermut,
bist helle un bist witzich.
Du hast ewas Eindringliches
un ewas sanft Bezwingliches,
kannst milde sein un hitzich.

Wer dich in Regeln zwängen mecht',
versteht dei Wesen eißerscht schlecht,
der macht mit dir nur Faxen.
Von Grund aus weg kricht dich nur der,
der nich etwan von auswärts wär',
nee, äm so richt'ch aus Sachsen.

Aus dem Buch »Der Regenschirm, Gedichte in sächsischer Mundart«, erschienen 1926 in Dresden.

Joachim Ringelnatz
Der sächsische Dialekt

Wenn man den sächsischen Dialekt
Ein bißchen dehnt und ein bißchen streckt
Und spricht ihn noch ein bißchen tran'ger,
Dann hält einen jeder für einen Spanier!

Unveröffentlichte Fassung:

Wemmer dn sächsschen Dialekt
Ä bisschen dehnt, ä bisschen schdreckt
Un schbrichdn noch ä bisschen trahnichr, – –
Dann häld en jeder fürn Schbanichr.

Erich Kästner

Sächsische Sonette

I. Als einer über den Dialekt lachte

Ich habbs nich gerne, wennse driewer lachn.
Da bin ich komisch, weil ichs garnich bin.
Sie denkn bloß, mit uns, da kennses machn.
Komme nur hin.

Wenn Sie da nur nich irchendwas verwechseln!
Daß Sie uns kenn, das is noch längsd nich raus.
Sie denken, daß wir Ihretwähjn sächseln?
So sehn Sie aus.

Wir sinn nich so gemiedlich, wie wir schbrechn.
Wir hamm, wenns sein muß, Dinnamit im Bluhd.
Da kennse Gifd droff nähm, daß wir uns rächn!

Na, Ihr Gesichde merkd sich ja ganz guhd.
Wir wärn Ihn' schonn noch mal de Knochen
                                        brechn.
Nur Muhd!

II. Als einer seine Braut streichelte

Na, meine Micke, nu schenier dich nich!
Du duhsd ja so, als wärn wir beede fremd ...
Und dabei kenn wir uns. Und du kennsd mich.
Das scheene Hemd ...

Hau mir doch nich gleich egal off de Fohdn!
Bis doch mal wiedr wie in' Blauner Wald!
So mach dir doch e Schild vors Kleed: »Verbohdn.«
Mensch, bisdu kald.

Das saach ich dir. Das gehd mir so nich weidr.
Das is doch keene Ahrd is das doch nich!
Endwehdr wirsdu endlich bald gescheidr –

Na ja! Warum nich gleich, mei Wühderich!
Was ich noch saachen wollde: du wirschd breidr.
Hm? Irr ich mich?

Lene Voigt

Unverwiestlich

Was Sachsen sin vom echten Schlaach,
die sin nich dod zu griechn.
Drifft die ooch Gummer Daach fier Daach,
ihr froher Mut wärd siechen.

»Das gonnte noch viel schlimmer gomm'«
so feixen richtche Sachsen.
Was andre forchtbar schwär genomm',
dem fiehlnse sich gewachsen.

Un schwimm' de letzten Felle fort,
dann schwimmse mit und landen dort,
wo die emal ans Ufer dreim.
So is das un so wärds ooch bleim.

Lene Voigt

De wahre Liewe

Im Lindenauer Flutganal,
da schwamm ä Fisch beim Vollmondschtrahl.
Mal hubbtr hoch vor lauter Lust.
('s gann sin, där macht's ooch unbewußt.)

Ä Bäärchen sah den Hobbser an.
Da schbrach de Gleene zu däm Mann:
»Weeßt du, was fier ä Fisch das war?
Mir isses nich ganz deitlich glar.«

»Das war ne Schmerle«, meente där,
»das rauszugriechen is nich schwär.«
»Ächa«, so rief dadruff de Braut,
»dazu war där zu breet gebaut!«

Se schtritten laut sich här un hin,
denn beede warn von harten Sinn.
Ich awer dachte schtill bei mich:
De richtche Liewe is das nich.

Denn schließlich geh ich ooch manchmal
mit jemand untern Vollmondschtrahl,
doch was da hubbt im Flutganal,
das is uns beeden ganz egal ...

Lene Voigt

Dr Morchengaffee

Das is doch jeden Daach ä wahres Fest,
wenn mer sich frieh sein Gaffee schmecken läßt.
Da liecht so richtich alle Wärze drin,
die fier dn Daseinsgamf dut neetich sin.

Mer nubbelt alle Eichenschaften draus,
die härzhaft machen fier ä jeden Schtrauß,
dän's auszufechten gilt in sein Biro
un ooch fier alle Gämfe anderschwo.

Solange noch dr Maachen nichtern hängt,
fiehlt sich der Mensch belämmert un bedrängt,
doch gaum gluckst änne Dasse Gaffee nein,
da zuckt ä Gräfteschtrom durch Mark un Bein.

Drum lob ich mir mein Morchen-Gettertrank
un saache jeder Bohne einzeln Dank.
Denn was mir ooch geglickt is in mein Lähm,
das hat mei Gaffeedobb mir eingegähm.

Hans Reimann

Aus der sächsischen Küche

Am besten schmeckt ein Gänsefettbemmchen mit halbdurchem Harzer Käse, und der Käse kann bläulich-grünlich aussehen oder gelblich, je nachdem ob er Kartoffelzusatz enthält oder Quark. Zu den Bemmchen gehört süßer Kaffee, und der sächsische Kaffee besteht aus einem Minimum von Bohnen und einem Maximum von Zusatz, als da ist Cichorie oder Lupine oder Feige oder Malz.

Natürlich kann man die Bemmchen nicht titschen, sondern man muß sie separat zu sich nehmen. Brot saugt nicht genug Flüssigkeit auf. Drum wurden von einer gütigen Vorsehung die Brötchen geschaffen. Das Brötchen selbst ist physiognomielos und unterscheidet sich in aufgeweichtem Zustand kaum von einem ertrunkenen Bieruntersetzer aus Pappe; die Semmel ist blaß und sozusagen mit zwei Backen; das Franzbrötchen ist von länglicher Eleganz, und das Kaiserbrötchen hat strahlenförmige Abteilungen.

Napfkuchen werden Aschkuchen genannt und in einer Bääbe gebacken; der Spritzkuchen ist aus Schlesien eingewandert, Arm in Arm mit dem Striezel; der Speckkuchen muß warm vertilgt werden; die Strochennester, wahre Labyrinthe aus prasseldürr gewordenem Teig, sind höchst lehrhaft zu genießen; die Wiener Krapfen nennen sich »Fangkuhchn« (Pfannkuchen), enthalten sowohl Hefe als auch Fülle, werden von der Mutter unter Zuhilfenahme eines Glases hergestellt und bleiben meist sitzen, und das gibt dann Klunsch, und der schmeckt besonders schön, denn in Sachsen schmecken gewisse Dinge keineswegs gut, sondern schön, und die über den Jahrmarktsplatz (Messe, Vogelwiese) duftenden, in Fett ersäuften Kräppelchen sind eigentlich etwas Althochdeutsches und hörten zur Zeit Hildebrands und Hadubrands auf den Namen »chrapfo«.

Die Stolle aber, die alljährlich zu Weihnachten auftaucht, ist ein Gebildbrot, ein verzehrbares Opfer und stellt den Heiland in der Krippe dar; die Hauptsache dabei sind die Rosinen und das Zitronat, das von uns Kindern tückischerweise und zum Kummer der auf ästhetische Wirkung bedachten Mama aus den einzelnen Stücken herausgeknaupelt und (den Krumpeln des Streußelkuchens ähnlich) von der übrigen Materie getrennt dem begehrlichen Magen einverleibt wurde. Und da wir grade bei Leckereien sind: das, was Sonntags hinterher serviert wird, das ist die »Speise«, und als delikateste gilt Schokoladepudding mit Himbeersaft, eine Paarung, die schwerlich nach jedermanns Geschmack sein dürfte; denn der kultivierte Mitteleuropäer ißt mindestens ebensosehr mit den Augen wie mit den Kauwerkzeugen, und was unerfreulich anzuschauen ist, das beleidigt den Gaumen.

Verlassen wir das süße Gebiet. Am barbarischsten will mir (und hoffentlich stehe ich nicht allein auf kulinarischer Flur) der Ausdruck »Schlachtfest« erscheinen, ein immerhin wüstes Wort für eine immerhin wüste Angelegenheit. Beim Schlachtfest werden Wurstsuppe, Wellfleisch (mit Majoran) und frische Blut- wie Leberwurst aufgetischt, der man vorsichtig naherücken muß, sonst hat man den halben Segen auf der Weste. Eisbein, Hämchen oder Solberrippchen existieren nicht. Sie hören auf den Namen Schweinsknochen und werden mit einem aus Meerrettich und Mehl gemengten Brei serviert. Und mit Klößen.

Gerechter Himmel, was wäre Sachsen ohne Kartoffeln! Die regulären Klöße (Mehl und gekochte Kartoffel) bekommen ein Nest von Bröseln inwendig hinein und werden nur von verachtungswürdigen Außenseitern mit dem Messer bearbeitet. Der Kenner verwendet zwei Gabeln und teilt die köstliche Ballung. Thüringer Klöße verfertigt man zu 50 Prozent aus gekochten, zu 50 Prozent aus rohen Kartoffeln. Rohe Kartoffelklöße sind die Wonne aller Wonnen ... Zur Ente haben wir in feineren Restaurants eine Spezialität: Krautklöße. Sonnabends macht Mutter was Fixes, meist mit Kartoffelmus. Und am Freitag liegt der für den Feiertagstisch vorbestimmte Sauerbraten bereits im mürbe stimmenden Essig, und dazu werden Hefenklöße vom Stapel gelassen, und die sind Glückssache. Äußerst beliebt sind Kartoffelpuffer, die gern mit Kompott beschmiert werden; und das populärste Kompott sind Preiselbeeren mit Apfelmus in kühnem Durcheinander. Wie das viele Gaffeetrinken einen Vorwand bildet, zu titschen (also Brötchen oder trockenen Kuchen einzustippen, bis der Schmelzpunkt just erreicht ist), so dienen die zahlreichen Zubereitungsarten der Kartoffel lediglich zum Ausnutzen der Sauce bis zum letzten Restchen. Zwiebeltitsche gilt als Lebenselixier ...

Gewürze spielen Nebenrollen. Schöps (Hammel) wird mit einer Zehe Knoblauch gespickt, zur Gans liefert man Beifuß, in den Welschkohl (Weißkraut) streut man Kümmel ... Frikadellen werden »Bäffschdägk« (»Beefsteak«) betitelt. Der Königsberger Klops erwächst aus Restbeständen. Wer sparen muß, bringt gelegentlich »Pipen und Flecke« auf den Tisch (Kaldaunen, kunstgewerblich und interessant). Zum Hammelfleisch reicht man wie anderwärts grüne Bohnen. Sauerkraut wird mehrfach gewärmt, ehe es spruchreif ist. Zusammengekochtes (wie Reis mit Blumenkohl und Rindfleisch) erscheint mindestens einmal pro Woche. Zwischen »Gehacktem« und »Geschabtem« waltet insofern ein einschneidender Unterschied, als das Geschabte auf Purpur gefärbt ist.

In ferne Provinzen drang das mit Recht beliebte Leipziger Allerlei, ein mixtum compositum aus Spargel, Karotten, Erbsen und Morcheln. Aber das Amüsanteste an der gesamten sächsischen Küche sind und bleiben die Ausrufer, die morgens ihren Gollrahwi, Bluhmgohl und andere Produkte der Jahreszeit mit witziger Conférence an den Mann oder besser an die Frau zu bringen wissen. Das fällt unter die Rubrik »Tonfilm«. Summa summarum: man futtert in Sachsen gediegen und ohne Mätzchen, und man zieht Pellkartoffeln mit Hering der opulentesten Mahlzeit vor. Denn wir Sachsen sind Skeptiker, sind nüchterne Menschen und verachten Firlefanz in jeder Beziehung.

Hans Reimann (1889 in Leipzig geboren, 1969 in Schmalenbeck bei Hamburg gestorben) wurde durch sein Buch »Dr Geenij« über den letzten Sachsen-König außerordentlich populär. Er verfaßte auch das Drehbuch zum Film »Die Feuerzangenbowle« nach Heinrich Spoerl.

Otto Reutter

Ein Sachse ist immer dabei

1

Das Reisen ist heutzutag' sehr modern,
und die Sachsen, die reisen besonders gern.
Wie weit sich auch unsere Reise erstreckt,
stets hör'n wir den sächsischen Dialekt;
ob In- oder Ausland, wo immer es sei
– 'n Sachse ist immer dabei!!!

2

Und fahren wir zum Nordpol, es kommt soweit,
da fahr'n wir dorthin zur Reisezeit,
vergessen die Kälte, sind ganz in Bann.
Da tönt's schon: Ich hab geene Bulswärmer an,
un ä Schäälschen mid Heeßen jetzt wär 'ne Arznei
– 'n Sachse ist immer dabei!!!

3

Und sehn wir Pompeji, – Vergangenheit,
sehn Bauten, selbst Menschen aus früherer Zeit.
Da ruht 'ne Königin, dreitausend Jahr bald;
da tönt's schon: Amaalje, bist ooch schon ald.
Awer geechen de Mumie bisde noch neii
– 'n Sachse ist immer dabei!!!

4
Und sind wir in Indien, im Wunderland,
's ist wie ein Märchen, noch nie gekannt.
Wir sehn die üppigste Vegetation,
exotische Vögel, da tönt es schon:
Du Babba, goof mor än Babageii
– 'n Sachse ist immer dabei!!!

5
Und fahren wir auf silberner See einher,
und die Sonne geht leuchtend unter im Meer.
Da tönt's durch die Andacht: Du Floorian,
jetzt geht unser Baulchen dorheeme in'n Gahn,
nu, er is bei de ...ma, da gibbd's gee Geschreii
– 'n Sachse ist immer dabei!!!

6
Und hören wir den Parsival in Bayreuth,
und voller Ergriffenheit lauschen die Leut'.
Die Musik macht 'ne Pause, man atmet kaum,
der Parsival kommt, da tönt's durch den Raum:
Da fehld doch ä Bemmchen, es worn doch Dreiii
– 'n Sachse ist immer dabei!!!

7

Und stehst du auf hohem Berge da,
so ganz allein, dem Himmel so nah.
So weit entrückt dem menschlichen Lärm,
da tönt's durch die Stille: Wo issen dor Scheerm?
's gibd heid noch Reechen bei de Hochstabeleiii
– 'n Sachse ist immer dabei!!!

8

Und bist du gepilgert zum ewigen Rom,
voll Andacht stehst du vor'm Petersdom.
Und während du dort deine Seele labst,
da tönt's schon: Wann gommd'n de Woitla, dor
                                    Baabst?
Der gehd doch spazier'n jetzt, der is doch frei
- 'n Sachse ist immer dabei!!!

9

Und haben wir in Ammergau 's Festspiel gesehn,
und der Christus will grade nach Hause gehen.
Man grüßt ihn schweigend, da tönt's bereits:
Herr Schesus, Herr Schesus, schon runter vom
                                    Kreiz?
Was machd'n de Frau un de Bildschnitzereiii?
– 'n Sachse ist immer dabei

10
Und fahren wir auch nur bis zum schönen Rhein,
betrachten die Burgen, preisen den Wein.
Wir bleiben vor'm Lorelei-Felsen stehn,
da tönt's schon: Ich gann bloß de Felsen säähn,
wo issen de Schungfrau, de Loreleiii?
– 'n Sachse ist immer dabei!!!

Otto Reutter (geboren 1870 in Gardelegen, gestorben 1931 in Düsseldorf) soll mehr als 1000 Couplets verfaßt haben. Besonders populär wurden »In fünfzig Jahren ist alles vorbei« (1920) und »Der Überzieher« (1925). Bekannt ist auch sein Lied »Ein Sachse ist immer dabei« (1930) geworden.

Tom Pauls/Peter Ufer

Ilse Bähnert und der
»Gobb des Führers«

Der einzige, der immer für Ilse Marie da war, war
ihr Vater Friedrich Oskar. Inzwischen 60 Jahre,
ging er jeden Tag zu seinem Orchester. »Ich muß
das große Fest am Völkerschlachtdengmal vorbe-
reiten, mei Mädel«, sagte er zu Ilse. Denn am
26. Dezember 1943 fand dort um elf Uhr die »Eh-
renfeier der Luftkriegsopfer« statt. Der Vater zog
seinen schwarzen Anzug an. Dann suchte er zwei
Lampions. Ilse wird diesen zweiten Weihnachtsfei-
ertag nie vergessen. Denn wie jedes Jahr lernte sie
ein Gedicht, aber am Heiligen Abend wollte es
keiner hören. Die Eltern sagten Weihnachten ab.
Sie hatten alle Lichter gelöscht, denn sie fürchteten,
die nächsten Bomber würden an diesem christlichen
Festtag Leipzig erneut angreifen und diesmal Ma-
rienbrunn zerstören.

Ilse, die Mutter und der Vater saßen die ganze
Nacht im Keller. Sie sprachen kein Wort. Ilse hatte
ein Gedicht von Tante Lene ausgesucht. Keine Zeile
davon vergaß sie bis heute. Als der Vater am zweiten Feiertag seinen schwarzen Anzug bereit legte,
um mit Ilse zum Völkerschlachtdenkmal zu gehen,
stellte sie sich vor ihn hin und sagte das Gedicht auf:

Der Abbel und de Nuß

Ä Abbel hing am Weihnachtsboom
un dachte in sein Griebse:
de golde Nuss am Zweich da ohm,
das wär mei Fall. Ich liebse.

De gleene Nuss war ihrerseits
däm Abbel och gewoochen,
un so hat jeder dorch sein Reiz
den andern angezochen.

Se dreimten beede vor sich hin
Un wünschten bloß das eene:
im gleichen Menschenmaachn drin
zu sterm. Die Zwee aleene.

Aber der Vater hörte nicht zu. Er suchte die Laternen. »Weeß Knöppchen, Mädel, die missen hier
irschendewo sin«, sagte der Vater. Die Mutter
wollte diesmal unbedingt mitgehen. »Off dem Lampinion is der Gobb vom Führer druff«, sagte sie.
Denn der Sachse sagt zu Lampions Lampinions und
zu Champignons Champions. »Ich wees, ganz
schnieeke sieht der da aus mit seinem Haarscheitel
scharf nach rechts gegämmt«, sagte der Vater.
»Nee, nee, nee, der träscht den Scheitel nach lings«,
sagte die Mutter.

Ilse wußte, daß Charlotte Emmi Teichmann und ihr Vater sich jetzt in die Haare kriegen würden. Aber sie redeten wenigstens miteinander. »Off den Lampinions sind die Haare nach rechts«, sagt der Vater. »Das gann schon sin«, sagte die Mutter, »aber der Führer träscht de Haare nach lings und demzufolche den Scheidel rechts.« »Das is richtsch, daß wenn de de Haare nach lings gämmst der Scheidel rechts is, aber wenn de de Haare nach rechts gämmst, dann is der Scheitel lings und so träscht der Führer de Haare.«

Die Mutter erinnerte sich, wo die Lampions waren und sagte zu Ilse: »Hol mal den Führer roff, der is im Keller.« Ilse ging die Treppe hinunter, tatsächlich er hing an der Decke neben dem Ofen. Sie brachte die Laternen nach oben. »Da siehstes«, sagte der Vater, »der träscht de Haare nach rechts.« Die Mutter kam näher, staubte die Lampions ab und sagte: »Was du wieder für a Zeuch erzählst, der hat den Scheitel lings.« Der Vater steckte Kerzen in die papiernen Laternen. Auf jeder Seite war das Gesicht des Führers gedruckt. Aber die Scheitelfrage blieb ungeklärt. »Mir ham diregt e ma beede Recht«, sagte der Vater. »Gugge dir das e ma an. Off der een Seite von dem Lampinion sind de Haare rechts gekämmt und of dr andern Seite lings.«

Die Mutter nahm eine der gescheitelten Führerlaternen, der Vater die andere. Ilse durfte im Flur des Hauses die Kerzen anzünden. Als die Eltern durch die Tür in den Garten traten, ergriff der Wind das Papier. »Mädel, schnell, halte die Lampinions e ma fest«, sagte der Vater. Aber es war zu spät. Die Kerzen waren aus ihren Haltern gefallen und das Führergesicht loderte ab. »Schnell in de Rechentonne mit dem Zeuch«, sagte die Mutter. Aber das Wasser war gefroren. »Ins Haus, ins Haus«, rief der Vater, schloß die Tür wieder auf. Die Eltern standen vor der Garderobe, in ihren Händen die Holzstäbe und daran der Rest des qualmenden Führergesichts.

»Das wars«, sagte der Vater. Ilse wird nie vergessen, wie sie lachen mußte und wie der Vater in das Lachen einstimmte, sich den Bauch hielt und rief: »Das wars.« Die Mutter ging wortlos in die Küche und kochte für alle einen Tee, Kräutertee – genannt Völkerschlachtdenkmal Nordhang.

Tom Pauls/Peter Ufer

Ilse Bähnert und Hitlers Halbschwester

Ilse Bähnert steckt die Fotos in den Pappkarton zurück. »Ach du Schregg, ich glucke hier über meim Testament, verhedder mich in den alten Geschichten und hab dabei de Trudel dotal vergessen. Die had doch heute Geburdstag. Ich muß de Trudel anrufen. Von Löbte bis Hetzdorf is ja nich so weit, das kost nich gleich de Welt«, sagt sie und schiebt mit dem Fuß den Schuhkarton unter die Anrichte. »Ich nehm wieder de billige Zehenvorwahl. Eh ma keene Zehe, also de null und de zehn wähln, und dann drei Zehen, also de dreie und de zehn. Das gannsch mr so gud merken.« Die Telefon-Nummern sind in den Jahren zu Kettenaufgaben geworden, denkt Ilse. Früher in Leipzig reichten vier Zahlen, heute in Dresden sind es sieben. Dazu kommt die Vorwahl und davor die Qual der Billigwahl, macht 16 einzelne Ziffern. »Das is e eenzscher Dariefdschungel. Da soll noch eener durchsehen.«

Sie läuft in die Stube, wo der Gong des Regulators schlägt. Den hat Herbert einmal von einer Haushaltsauflösung aus Waldidylle im Osterzgebirge mitgebracht. »Wer Schwein hat, braucht keens werden«, sagte Herbert manchmal, wenn er die Uhr und seinen Durst begoß. In der Innentür des altertümlichen Zeitmöbels steht auf einem goldenen Schild ein Name. Den entdeckte Ilse Bähnert als der Regulator einmal nicht mehr schlug. Er stand da und sagte keinen Tick. Ilse öffnete die Tür mit dem schweren Glas, fing an zu putzen. Plötzlich fand sie ein paar verstaubte Bücher unter dem Pendel. Es waren zerlesene Exemplare, deren Buchseiten teils lose aufeinanderlagen wie die unverbundenen Schichten eines Blätterteigs. Auf dem ersten Pappdeckel stand in geschwungener Schrift »Grete Lenz« von Heinrich Sohnrey. Das zweite Buch war von Ludwig Anzengruber und hieß »Der Sternsteinhof«. Darunter lag ein Roman von Peter Rosegger »Das ewige Licht« und zwischen den Büchern ein Luftschutzkalender aus dem Jahr 1942. Auf den Innenseiten war ein Stempel gedruckt mit demselben Namenszug wie auf dem goldenen Schild der Standuhr: Klara May. »So schließen sich die Kreise«, denkt Ilse.

Klara May war die Frau des 1912 verstorbenen Schriftstellers Karl May. Die Witwe lernte 1934 in Radebeul Angela Hammitzsch kennen. Die beiden wurden Freundinnen. 1937 kauften die Hammitzschs in Dresden das Haus Comeniusstraße 61. Schräg gegenüber wohnte Gauleiter Mutschmann. Trudels Eltern zogen genau in jenem Jahr von Leipzig nach Dresden zur Untermiete in das Hammitzsche Haus. Dort lernte Trudel ihren damaligen Zukünftigen kennen, den Schlossergesellen Arthur Frohse, der in einer winzigen Wohnung im Keller hauste.

Von dem hörte Ilse nie wieder auch nur ein Sterbenswörtchen und von Frau Hammitzsch spricht bis heute niemand auch nur ein Wort. Lieber wäre man gestorben. »Weschen der hamse am Blauen Wunder eine Dampferanlegerstelle bauen lassen, damit die ihrn Besuch empfangen konnde. Hohn Besuch«, sagte Ilse. Seitdem sie den Regulator gesäubert hatte, tickte der wieder. Neben der Standuhr steht heute der elektrische Velours-Sessel, daneben ein kleiner runder Tisch und auf dem das Telefon ...

Sie wählt Trudels Nummer in Hetzdorf bei Mohorn. »Hallo Trudel, bis dus? Hier is deine Ilse. Kanns du mich höhrn?« fragt Ilse. »Ja, fein. Alles erdenklich Gude meine Gude zu deinem Geburtstag, Schaffenskraft, Freude und aus allen das Beste machen. Dazu beste Gesundheet. Denn ohne Gesundheet fühlt mr sich ja immerzu krank«, sagt Ilse. »Bisde och schon wieder e Jahr älter. Wie gehds denne? ... S gehd so! Nu, das is de Haubdsache. Und sonds, alles beisamm? ... De Beene ... Nu, ich gloobs glei ... Aha, was sacht denn dr Doktor ... wär ne Erlösung, ja Trudel für uns alle, für uns alle ... Nu klar, wer weeß dor o ni wies gehd.«

Ilse hört zu, nickt, stöhnt, lacht. »Has de ma was gehörd von dr ... Nee, die is ooch schon under der

Erde ... Had eben alles seine Ursachen, had alles seine Ursachen ... Das habsch glei gommen sehn, daß das so gomm dut. Trudel? Truuuudel? Ach, bisde noch dran. Ja, ja, ich bins, de Ilse ... Nee, hier is schön, de Sonne gommd grad wieder ma naus. Bei dir reschnets, das is das Wetter ... Das gabs doch früher nich ... Das kommt durch die Gloobelalisierung ... Genau, furchtbar, wenn das so weiter geht, ham mr bald überhaupt kee Wetter mehr.«

Ilse zögert einen Augenblick, dann sagt sie: »Sach e ma, jetzt muß ich dich direkt e ma was fraachen. De Hammitzschen, du weesd schon, die, wo du damals of dr Gomeniusstraße ensechzsch gewohnd hasd, ... Trudel? Truuuudel? Offgelechd.«

Ilse fragte Trudel oft. Aber nie antwortet die Freundin. Wahrscheinlich nimmt sie es mit in den Tod, denkt Ilse. Sie hätte es aber gern vorher gewußt. Schließlich muß Ilse jedes Mal daran denken, wenn sie am Blauen Wunder spazieren geht. Die Anlegestelle überdauerte alles. Sie sah die Schiffe an sich vorüberziehen, sah wie die ihre Namen änderten, wie die »Pillnitz« zum »Weltfrieden« und wieder zur »Pillnitz«, wie der »Karl Marx« plötzlich zur »Gräfin Cosel« wurde. »Oder war das der Engels, den se zum Pöppelmann gemacht ham«, fragt sich Ilse. Der alte »Friedrich Engels« jedenfalls, da ist sich Ilse ganz sicher, gehört heute dem Christlichen Verein Junger Männer.

Wie sich die Zeiten ändern. Namen kommen und gehen, die Boote bleiben, denkt Ilse. »De Trudel sacht nur immer, mr würde sich de Pfoten verbrenn, weil die Sache mit der Hammitzschen so hees wär wie ne Herdplatte beim Kartoffeln kochen. Wenn de weest wie das is mit der Hammitzschen, kannst de dein Tesdament machen, hat de Trudel 1968 gesacht«, denkt Ilse.

Aber sie forschte weiter. Ilse erfuhr, daß Angela Hammitzsch am 28. Juli 1883 in Wien geboren worden sein soll. Ihren Mädchennamen bekam Ilse nicht heraus. Am 20. Januar 1936 heiratete Angela in Dresden Martin Hammitzsch, Professor und Leiter der Bauabteilung im sächsischen Innenministerium. Er entwarf als junger Architekt die Yenidze, die Dresdner Tabakmoschee. Die blieb sogar nach der Bombennacht vom 13. Februar stehen. Das Kugelhaus seines jüdischen Kollegen Peter Birkenholz im Ausstellungszentrum dagegen ließen die Nationalsozialisten als »undeutsches« Bauwerk 1938 abreißen. »Der Hammitzsch gonnde doch in seiner Bosition ooch ne Anlegestelle offm Altmarkt bauen lassen«, sagt Ilse. 1945 erschoß er sich.

Da möchte man schon wissen, wieso die Trudel dort gewohnt hat? Sie fragt sich auch, wieso Klara Mays Standuhr in Waldidylle in dem Ferienhaus der

Angela Hammitzsch stand. Die hatte nämlich nicht nur ein Haus in Dresden, sondern ein zweites in Waldidylle. Genau dort, wo der Herbert den Haushalt mit auflösen half. Er hatte im Urlaub davon gehört. »Der Regulador gann nischt dafür, der läuft wie geschmierd«, sagt Ilse. Aber gewundert hat sie sich schon damals, daß sie unter dem Pendel kein einziges Buch von Karl May gefunden hat, sondern nur den Luftschutzkalender und drei zerlesene Exemplare deutscher Heimatliteratur. »Ich hab mir jedes genau mehrfach durchgelesen, da gann mir geener was vormachen«, sagt Ilse.

Sie wählt noch einmal die Nummer von Trudel, aber es ist besetzt. »Wie die mit ihrm offnen Been zum Telefon gommd, möchtsch wissen. Na, ja. De Trudel is eben viel hin und her geschickt word in ihrm Leben.« Ilse muß daran denken, wie oft sie als Kind die Freundin in Dresden besuchte. Als sie in den Sommerferien 1940 an die Elbe fuhr, wohnte Trudel nicht mehr in der Comeniusstraße. Die Gestapo hatte eines Nachts den Vater abgeholt. In der Schule sprachen die Kinder darüber, was die Eltern im Radio hörten. Trudel erzählte voller Stolz, daß ihr Papa sogar Englisch verstehen würde. Seit dem 1. September 1939 war das Abhören ausländischer Sender verboten.

Der Vater kam nie zurück. Die Mutter zog mit der Tochter in die Schloßstraße 25. Den Volksempfänger versenkten sie neben dem Blauen Wunder von der Anlegestelle aus in der Elbe. Als Ilse in der neuen Wohnung in der Schloßstraße ankam, traute sie ihren Augen kaum. Ihre Freundin wohnte nicht in irgendeinem Mietshaus, sondern in der dritten Etage des Residenzschlosses, dem Wohnhaus der Wettiner, dort, wo Ilses leiblicher Vater Kammerherr des Königs gewesen war, dort, wo Georg der Grämliche ihre Großmutter als Hure beschimpfte. Ein Schloß mitten in der Stadt, ein Haus voller Märchen und dennoch all die Jahrhunderte voller Leben. Es tönt aus Urkunden und Monumenten, es spricht aus alten Briefen und versammelten Schätzen, es flüstert aus Ritzen und morschem Sandstein.

Fast 50 Wohnungen gab es nach der Flucht von König Friedrich August im Schloß. Trudels Zimmer befand sich in einem kleinen Türmchen und war deshalb rund. Aus dem Fenster reichte der Blick bis zur Frauenkirche. Seit 1938 war die wegen Baufälligkeit geschlossen. Kurz nach der Schließung stürzten Sandsteinbrocken herab und zerschlugen die Kanzel, denkt Ilse. Schon 1924 begann die Sanierung in mehreren Etappen, 1942 war der Bau komplett erneuert, drei Jahre bevor das Gotteshaus nach der Bombennacht vom 13. Februar 1945 in sich zusammenstürzte. »Nu stehts se wieder da, de Frauenkärche. Is das ni ma e echtes Wunder«, sagt Ilse Bähnert.

Im Dresdner Schloß sah in den Sommerferien 1940 alles friedlich aus. Bäume wuchsen an den Sandsteinmauern, Gras hing aus den Dachrinnen, im kleinen Schloßhof spielten Kinder in einem Sandkasten. Oben auf dem Dachboden trafen sie sich, um die Hasen zu füttern, die ihre Eltern dort in Ställen groß zogen. »Das Schloß war ooch später e fruchtbares Zuchthaus, da hamse in 1970er Jahren Champions im Keller gezüchdet«, sagt Ilse. Trudel kannte den Portier vom Grünen Gewölbe. So gingen die Mädchen ohne Eintritt zu zahlen in die Schatzkammer Augusts des Starken. Gerade öffnete die Ausstellung wieder, denn seit Kriegsbeginn war sie geschlossen. Ilse wollte den Grünen Diamanten sehen, aber der lag nicht in seinem Glaskasten. Die wertvollsten Exemplare waren ausgelagert. Also gingen Ilse und Trudel ins frisch renovierte Kino Ufa am Postplatz, die früheren Roders Lichtspiele.

Als die Freundinnen zurückkamen, stand die Mutter auf dem Balkon und blickte hinüber zur Frauenkirche. »Kinder gommd e ma her«, sagte sie. »Ich genne da ne Reimerei, die für de Kärche geschrieben wurde.«

Ilse merkte sich jede Zeile, jetzt fallen sie ihr plötzlich wieder ein. Manchmal fallen ihr Sachen ein, die sie längst vergessen glaubte. Geradeso als würden kleine Schubladen im Kopf geöffnet, findet sich alles wieder, denkt Ilse. Es war nie weg, aber weil es keiner vermißte, suchte auch keiner danach. Es ist wie mit den kleinen Knöpfen im Nähkasten. Die liegen unsichtbar zwischen den anderen, vergraben unter immer neuen Knöpfen, die in die Schachtel hineingeworfen werden. Irgendwann kommen sie wieder nach oben und man kann sie gut gebrauchen. »Ich mache dr Trudel bestimmt ne Freude, wennsch der das jetze ma ansache.« Sie wählt die Nummer von Trudel. »Bis dus? Ganns de mich hörn Trudel? Ich bins noch e ma. Horche ma droff:

Edwin Bormann
De Kärche unser lieben Frauen

Das erschte was der Blick erblickt
wenn ihn e Mensch nach Dresdn schickt,
das ragt wie'n Riesenei von Stein
hoch in den blauen Himmel nein.
Und jeden Dresdner, jeden Sachsen,
is es ans Herze fest gewachsen.

Wie's Bähr gebaut hat dazumal,
gab's freilich riesigen Skandal.
Der Stadtrat schrie: »Fedo! nein!
Denn die Geschichte burzelt ein!«
Und eene Bauratskommission,
die rief: »Mer sieht's, se wackelt schon!«

Doch Bähr besaß ne dicke Haut
und hat hibsch eirund fortgebaut.
De Kärche unsrer lieben Frauen
is heit noch schmuck und jung zu schaun.
Und der so arg das Werk verbönt,
der Stadtrat selbst is ausgesöhnt.

Doch grad so geht's noch heut of Erden,
will wo was wahrhaft Großes werden.«

Ilse schluckt. Den Hörer legt sie auf die Lehne des Verlours-Sessels, ihre rechte Hand preßt sie flach auf den Brustkorb. »Goddel nee, das is e Gezerre dadrinne«, sagt sie und atmet ganz langsam tief durch. Sie nimmt den Hörer wieder ans Ohr, sagt: »Trudel, bis de noch dran? ... Ja, ja ich bins, de Ilse. Was sachst de? Du bisd so schlecht zu verstehn ... Ach, du hast de Adoptivzähne naus genommen ... dr Appelkuchen hand sich verheddert. Nu, das bassierd wenn mr de Schale dranläßt. Is ja och alles gesachd, nur von der Hammitzschen wolldsde ... Trudel? Truuuudel? Offgelechd!« Ilse legt den Hörer auf das Telefon, stellt es auf den Tisch zurück.

»Das is schon ne putzsche Nudel, de Trudel. Mei Tesdament könntsch machen, wennsch wüßte, was es mit der Hammitzschen off sich had, sachte de Trudel immer«, sagt Ilse Bähnert. »Da stimmt doch irgendewas nisch. Aber bei der Eröffnung der Frauenkärche dabei sein wollen?« Trudel bewarb sich um einen Sitzplatz zur Weihe des Gotteshauses. Fünf Mark hatte sie gespendet, erzählte sie vor Jahren der Ilse. Die Karten für das Fest wurden im Sommer 2005 auf der Aussichtsplattform ausgelost. Wahrscheinlich um dem himmlischen Obernotar näher zu sein, denkt Ilse. Weil aber danach einem Computer ein Fehler passiert sein soll, bekam Trudel erst eine Einladung und dann eine Absage. Andersherum wäre es ihr viel lieber gewesen. Am Ende saß sie vor dem Fernseher und sah sich an, wo die Gewinner saßen ...

Ich müßte ja de Trudel eechentlich noch ma anrufen«, sagt Ilse Bähnert. »Ob die sich noch erinnern tut an die weißen Pferde von der Trude Sarrasani. Oder die Tiecher, die den Domdeur zerfleischden wie vor kurzem die weiße Bestie den een von den zwee schwulen Deutschen in Amerika.« Das feste Haus des Zirkusses stand am Carolaplatz. Ilse war mit Trudel drei Mal dort. 1943, zur großen Premiere passierte es. Nach einem gewagten Sprung setzte sich die Tigerin auf ihren Platz. Der Dompteur kraulte der Katze zur Anerkennung liebevoll das Fell. Da fiel die andere urplötzlich über ihn her. Sie schlug ihm ihre Zähne in den Arm. Das Blut des Dompteurs schoß durchs Gitter bis ins Publikum. Die Leute erzählten sich später, die Tigerin habe dies aus Eifersucht getan. Er habe die andere Sekunden zu lang gestreichelt.

»Wie hieß der noch, der Kerl?« sagt Ilse. »De Trudel weeß das bestimmt, die vergißt ja nischt.« Sie nimmt das Telefon, wählt noch einmal die Nummer in Hetzdorf. »Bis dus? Ganns de mich höhrn Trudel?« fragt Ilse. »Leche nich glei wieder off. Ich muß dich wechen dem Tiecher was frachen. Du weest doch, der den Domdeur angebissen had, damals Dreiundvierzsch im Sarrasani. Wie? ... Dogare. Genau, dr Dogare war das. E stolzer Mann. Trudel? Truuuudel! Ach, bisde noch dran. Ja, ja, ich bins, de Ilse ... Wo ich dich ema dran hab, du vergißt doch nischt ... wie war das denn nu mit der Hamitzschen? Trudel? Truuuudel? Offgelechd.«

Ilse Bähnert schüttelt den Kopf, rückt ihr Haar zurecht. »Den Tiecherkönig Dogare gennt die noch, aber von der Hammitzschen redet se keen Sterbenswörtchen. Mei Tesdament könntsch machen, wenn ich wüssde, was es mit der Hammitzschen off sich had, had de Trudel immer gesacht. Da stimmt doch irschendewas nisch. Das nimmt kein glückliches Ende«, sagt Ilse. Die Geschichte des Dompteurs Togare allerdings endete glücklich. Die Ärzte wollten ihm den Arm amputieren, aber er weigerte sich. Eine Krankenschwester pflegte ihn in einem Dresdner Krankenhaus wieder gesund. Dabei verliebten sich die beiden ineinander. Der Dompteur zeigte der

Krankenschwester, wie man Löwen zähmt. Sie zeigte ihm dasselbe im Umgang mit Männern. Wenig später heirateten sie.

1956 sah Ilse sie bei einem Auftritt in Leipzig. Sie nannte sich Taranda. »De Sachsen sind die einzigen Menschen off dr ganzen Welt, die de Raubkatzen in der Hosentasche tragen: de Taschentiecher«, sagte Herbert manchmal zum Geburtstag, als sie bei Trudel feierten, und er Durst haben durfte, ohne zu fragen. Heute hat der Witz einen so langen Bart, daß er schneller erzählt werden muß, denkt Ilse. »De Sachsen ham nämlich och de schnellsten Raubkatzen, die man sich in de Tasche stecken kann: de Tempotaschentiecher.«

Ilse muß an die Geburtstage bei Trudel denken. Sie war aus Dresden nach Hetzdorf gezogen, als sie ihren Erich heiratete. Seine ganze Sippe wohnte zwischen Grund und Hetzdorf. Und immer kamen ihre zwei Söhne mit ihren Frauen und Ilse mit Herbert zum Geburtstag. So lange sie kommen konnten. Die Männer saßen nach dem Kaffee am Stubentisch, tranken Bier, Doppelkorn oder Wodka aus Flaschen, die gleich mit auf dem Tisch standen und spielten Skat. Auf dem Flur der Wohnung vernahm man Wortfetzen, die wie 18, 20, Reh oder Null, Rotata, die Rosenbraut, du Hornochse oder Drück-dich-in-den-Skat klangen.

Die Frauen saßen in der Küche, tranken Eierlikör aus Schokobechern oder Wermutwein aus geschliffnen Kristallgläsern. Sie schwatzen über die schlechte Versorgungslage und bereiteten ein Abendbrot, das so üppig war, daß es für drei Tage reichte. Einer der vier Männer mußte immer aussetzen, kam dann in die Küche, griff sich eine saure Gurke oder an den Hintern einer der Frauen. Wenn Herbert die Küche betrat, erzählte er einen Witz. Jedes Jahr. »Trudel, kennste den mit dem Fisch«, fragte er Trudel. Aber weil sie sich alles, nur keine Witze merken konnte, erzählte Herbert den Witz mit dem Fisch. Jedes Jahr.

»Kommt ein betrunkener Mann nach Hause und findet den Lichtschalter nicht«, sagte Herbert und schlug sich auf die Schenkel. Die Frauen lachten. Aber der Witz war natürlich noch lange nicht zu Ende. Also erzählte Herbert weiter. Jedes Jahr. »Der Mann tappt im Dunkeln durch seine Wohnung und wirft das Aquarium, in dem ein Goldfisch schwimmt, herunter.« Trudel sagte: »Typisch, das is wieder ma typisch.« Sie mußte dann immer so lachen, daß sie einen Hickauf bekam. Weil der Hickauf nicht enden wollte und Herbert mithickte, mußten alle anderen lachen. Nur Ilse schüttelte den Kopf, sagte: »Herbert, hör doch off, hör endlich off.«

Aber Herbert umarmte Trudel, gab ihr einen Kuß auf die Wange, zwinkerte Ilse zu und sagte: »Konkurrenz belebt das Geschlecht.« Dann erzählte er weiter. Jedes Jahr. »Das Glas zersplittert auf dem Fußboden und der Fisch ringt in einer Wasserlache nach Luft.« Herbert tat so, als wäre der Witz zu Ende und ging zur Tür. Trudel meinte, daß da noch was kommen müßte, holte Herbert wieder zurück. Er ließ sich an die Hand nehmen, von Trudel eine saure Gurke in den Mund schieben, dann kaute er, und aus seinem linken Mundwinkel lief Gurkensaft auf sein weißes Hemd. Jedes Jahr. Dann erzählte er weiter. »Der Fisch ringt also nach Luft. Da geht der Mann zu dem Fisch, tritt nach ihm und sagt: Wirst du wohl nach deinem Herrchen schnappen?!« Herbert krümmte sich vor Lachen. Der Rest der Gurke wurde aus seinem Mund geschleudert und landete auf dem Fußboden.

Trudel wollte wissen, was aus dem armen Fisch geworden sei. Jedes Jahr. Da konnte Herbert nicht mehr aufhören zu lachen. Er rief Erich, sagte: »Erich, die Trudel, die weiß nicht, was aus dem Fisch wurde. Sie weiß es einfach nicht.« Erich sagte: »Fischfutter natürlich, Trudel, Fischfutter.« Herbert, lachte, holte Luft, hustete, lief rot an, lachte immer weiter. Jedes Jahr. So war es auch, als Ilse und Herbert das letzte Mal bei Trudel waren. Zu ihrem 65. Geburtstag. Herbert lief rot an, lachte immer weiter, aber er holte keine Luft mehr. Er wurde immer röter, dann blau, hustete und fiel um. »Der had sich einfach tot gelacht«, sagte Ilse.

»Nimm dir eine schöne Frau, die bist du wenigstens schnell wieder los«, sagte Herbert manchmal, wenn er am Stammtisch seinen Durst pflegte. Über Schönheit will Ilse nicht mehr streiten. Zweiunddreißig Jahre war sie mit ihrem Herbert verheiratet. Das ist manchen sein ganzes Leben, denkt Ilse, und ihr fällt plötzlich das Gedicht von Tante Lene ein, das sie Herbert zur Silberhochzeit neben das Frühstücksei gelegt hatte. Die Zeilen stammten aus einem Vokabelheftchen mit der Aufschrift »Sächscher Kleinkram«, das Lene Ilse geschenkt hatte. Im Schrank in der Stube liegt es noch im Schieber.

Die Überschrift des Gedichtes lautet: Och e Lieweslied. Als I-Punkte, Ilse schämt sich noch heute dafür, hatte sie Herzen gemalt. Andererseits, denkt Ilse, sind Hochzeitstage ja vor allem dafür geschaffen, das schlechte Gewissen des Ehemannes aufzufrischen noch bevor er bemerkt, daß er gar keins hat. Den Tag vergißt er mit schlafwandlerischer Sicherheit und so trägt die Frau lächelnd wieder einen kleinen Sieg davon. Deshalb verzierte Ilse mit viel Liebe die Überschrift mit einer Wellenlinie, darunter schrieb sie fein säuberlich das Gedicht aus Tante Lenes Vokabelheftchen ab:

Behalt'n Gobb ohm, du mei liewer Alter,
Mir beede wärchen uns schon durch, baß uff.
Zähl nich so ängstlich jede neue Falte
Un jede graue Strähne. Feif doch druff.

Was frieher stark und groß war, wird flach un
                                         gleener,
Das is nu ma nisch anders, gloob mersch nur.
Guck doch erscht mich an! Wär ich etwa scheener?
Dr Mensch welkt grade so wie de Nadur.

Warn unsre Jahre manchmal och recht driewe,
mr wolln drum's Lachen doch nich ganz verlern.
Du bist un bleibst ja meine alte Liewe.
Da hat mr ochde Runzeln noch mit gern.

Ilse wußte, was sie an Herbert hatte. Er kam, wenn
sie ihn rief. Frauen rufen ja immer nach ihren Männern, wenn sie gerade mit dem Nachbarn über
Autos oder übers Wetter reden. Herbert redete immer übers Wetter, denkt Ilse. Er hatte nicht nur
seine Marmeladengläser mit Ostseesonnenauf-
gangsdaten im Keller, er besaß auch einen Wind-
messer. Den brachte er irgendwann auf dem Balkon
an und maß den Wind. Gemacht hat er nie welchen,
denkt Ilse. Herbert war kein Windmacher, kein
Jäger, er war ein Sammler. Sprüche sammelte er,
Wetterdaten sammelte er und Bierdeckel. Richtig

glücklich wäre er aber vermutlich erst gewesen, wenn er historische Briefkuvertständer, Rasenmäher oder Betonmischer hätte sammeln können, denkt Ilse. Zum Glück beschränkte er sich aber vor allem darauf, nichts wegzuwerfen.

Männer werfen ja nie etwas weg, denkt Ilse. Sie behalten alles. Socken zum Beispiel oder rote Pullover. Ilse schenkte Herbert jedes Mal zu Weihnachten ein Paar neue Socken und einen neuen Pullover. Aber am nächsten Tag zog Herbert wieder den roten an. Den, den er immer anzog. Er brauche keinen neuen Pullover, sagte er. Im Grunde stimmte das, denkt Ilse. Vierzig neue Pullover verstopften am Ende seinen Schrank. Herbert zog den roten an. Woher der eigentlich kam, wußte Ilse nicht. Es war aber der einzige, den sie ihm nicht geschenkt hatte. Deshalb weigerte sie sich auch, den Pullover wegzuräumen, wenn er wieder einmal irgendwo herumlag. Aber sie hätte trotzdem gern gewußt, warum er diesen einen Pullover so mochte.

Die Antwort gab Herbert eines Morgens selbst: »Gut, daß das gute Stück immer dort liegt, wo ich es gerade fallen gelassen habe.« Aber das ist Ilse nach wie vor als Erklärung zu einfach. Da steckt mehr dahinter, denkt sie. Genau wie bei dieser Holzkiste mit der Aufschrift »H. Bähnerts S-Archiv«, die im Keller lagert. Aber Ilse wagt nicht hineinzusehen. Noch nicht.

Plötzlich klingelt das Telefon. Ilse nimmt den Hörer ab. »Trudel, bisd dus? Was is ...? Du sachst mir das nur eema und nie wieder. Na, da. Was is ...!? De Angela Hammitzsch hieß früher Hitler ... Das war de Halbschwester von dem Adolf Hitler ... Und du hasd das gewußt! Ich denke, ihr habt niemals von nicht was gewußt. Trudel! Truuuudel? Offgelechd.« Ilse schüttelt den Kopf. »Woher wees eechendlich de Trudel, daß ich grad mei Tesdament mache?«

Tom Pauls/Peter Ufer

Ilse Bähnert und der »Hairhotwindshower«

»Wer heutzutache noch e Buch hat, is ja von vorge-
stern«, sagt Ilse. »De jung Leute reden ja nich ma
mehr mitnander. Die ham diesen Telefonknochen
zwischen de Finger und drücken sich mit den
Druckbuchstaben aus. Da gibt's gar keene voll-
ständschen Sätze mehr. Wenn von den eener ma
en schönen Ausdruck in Deutsch hat, dann kommt
der ausm Drucker.« Ilse sieht es beim Friseur, wie
sich die Zeiten geändert haben. Ganz früher schnitt
ihr die Mutter die Haare. Das dauerte fünf Minuten. Später ging Ilse aller vier Wochen, mittwochs
16 Uhr, in die PGH Neue Linie. Das dauerte eine
Stunde.

Ilse wurde bis zu ihrem 65. Geburtstag von Frau
Krätzschmar bedient, die stets einen grünen Kittel
trug. Frau Krätschmar wartete bereits, stand hinter
dem roten Ledersessel, einen Fuß zum Hochpum-
pen auf der Pedale und fragte: Wie immer? Und es
war wie immer: waschen, schneiden, wickeln,
trocknen. Beim Waschen mußte sie sich nach vorn
in das Waschbecken beugen, dann band ihr Frau
Krätzschmar eines dieser grauen Handtücher mit
den eingeflochtenen roten Punkten um den Kopf,

drückte Ilse nach oben und ihr lief das Schaum-
wasser hinten am Hals in den Kragen.

Beim Trocknen saß Ilse unter einer Haube mit
langen Eisenstangen. Wie die Arme einer kranken
Krake bogen sich die durchlöcherten Metallstreben
über die Lockenwickler. Unter der Haube war es
entweder grundsätzlich zu heiß oder grundsätzlich
zu kalt und grundsätzlich so laut wie an der Ostsee,
wenn der rote Sturmball ganz oben hängt, denkt
Ilse. Aber gelesen hat sie unter der Haube immer
mindestens drei Kapitel eines Buches. Zum Schluß
gab es in die Locken eine Art Tonikum, das so roch
wie heute die Luftverbesserer auf den Bahnhofstoi-
letten.

Jetzt heißt der gleiche Laden New-Line, und als
Ilse das erste Mal hinein ging, kam eine Britney
lächelnd bis an beide Ohren im bauchfreien Blüs-
chen auf Ilse zugestürmt und fragte: Was kann ich
für sie tun? »Das klang als würde sie sagen:
kannsch für *sie* noch was tun?« sagt Ilse. Dann
führte ein George, der nur auf den Namen Sandy
reagierte, Ilse zum elektronischen Stilberater. Das
war ein Computer in der Ecke, der dem eigenen
Kopffoto auf dem Bildschirm verschiedene Haare
aufsetzte. Rote, grüne, lange, kurze, mit und ohne
Strähnchen. Nur Ilses Frisur war nicht dabei. Aber
Ilse ließ sich gern beraten. Das dauerte zwei Stunden. Sie hörte lange zu, als Sandy ihr empfahl, die

Highendkur mit Sensetive-Schubpower zu nehmen oder sich besser mit Star-Headcreme auf ätherischer Asienbasis von der gläsernen Bayern-Uschi oder vom wandelnden Werbetrommler Franz Kaiser Beckenbauer zu pflegen.

Ilse sagte dann: Wie immer, bitte. Da schlenderte Sandy weg, gab Britney ein Zeichen, die nahm das Telefon, wählte und sagte: »Oma kannst du noch e ma kommen, de Frau Bähnert is da.« Seit dem kommt Frau Krätzschmar, hat Ilse einen Termin, von oben aus ihrer Wohnung, zieht die grüne Schürze an, geht mit Ilse in ein Hinterzimmer, wäscht, schneidet und wickelt ihr die Haare so zurecht wie immer. Dann darf sie wieder nach vorn, wo der Hairhotwindshower steht. Die Haare werden dort so schnell trocken, daß es sich nicht mehr lohnt, ein Buch auch nur aufzuschlagen, geschweige denn ein Kapitel zu lesen.

Johannes Conrad

Mitn Bus is ä angenehmes Fahrn!

Der Dramaturg Dr. Jäckel war überarbeitet. Weil er wie ein Affe über die intellektuelle Physiognomie einiger historischer Dramenfiguren nachgedacht hatte. Dr. Jäckel liebte die Gedanken, aber nun liebten die Gedanken Dr. Jäckel nicht mehr. Seit Wochen verursachten sie ihm saumäßige Schlafstörungen. Dr. Jäckel zuckte mit dem rechten Auge. »Wie ein Affe!« sagte er.

»Denken Sie beim Einschlafen nicht daran, daß Sie nicht einschlafen können, dann können Sie einschlafen!« hatte der Arzt gesagt. Aber wenn Dr. Jäckel beim Einschlafen nicht daran dachte, daß er nicht einschlafen konnte, mußte er an die intellektuelle Physiognomie einiger historischer Dramenfiguren denken, das aber regte ihn so auf, daß er sofort wie ein Affe daran denken mußte, daß er nicht einschlafen konnte – und dann konnte er natürlich überhaupt nicht mehr einschlafen!

»Ach, rutsch mir doch den Buckel runter!« bellte Dr. Jäckel manchmal schon am hellichten Tage wildfremde, unschuldige, arglose Mitbürger auf offener Straße an und zuckte mit dem rechten Auge. Er machte sich kaputt. Was hatte er davon, wenn er sich nicht mehr hatte? Schließlich hatte man sich nur einmal im Leben! Und pausenlos mußte man etwas! Man mußte Grüße erwidern, sich die Füße waschen, auf Proben sitzen und Fragen beantworten. Man mußte »Gestatten Sie, bitte?« oder »Ein halbes Brathähnchen zum Mitnehmen!« quäken. Und ständig mußte man die erschöpfte Schnauze zu einem Lächeln verziehen. Wie ein Affe! Bei Mama mußte er das nicht. Mama fragte: »Willste noch ä Dässel Mogga, mei Junge!?« Dann konnte man finster nicken, das genügte. Mama kannte ihren Dr. Jäckel! Und plötzlich kam es über ihn: die Felder, die Katze, die kahlen Apfelbäume, der dicke, putzige Kachelofen, ein guter Kaffee – Mama! Ewig war er nicht mehr bei ihr gewesen!

»Am Mittwoch fahr’ ich mal zu Mama, Ingrid!« sagte Dr. Jäckel zu seiner Frau und zuckte mit dem rechten Auge.

»Das wird auch Zeit«, sagte Dr. Jäckels Frau, »Du hast heute mindestens schon fünfzigmal ›Wie ein Affe‹ gesagt!«

»Weil ich eben knülle bin wie ein Affe!« stöhnte Dr. Jäckel.

Mittwochmorgen, es regnete Schnee, fuhr er. Mit der Bahn! Er war zu knülle zum Autofahren. Am Lenkrad wäre er ganz bestimmt eingeschlafen. Das traute er seinem Körper zu. Der war so dämlich. In der Bahn bemühte sich Dr. Jäckel einzuschlafen, aber die verfluchte intellektuelle Physiognomie einiger historischer Dramenfiguren war dagegen. Dr. Jäckel zuckte mit dem rechten Auge. Wie ein Affe.

In Dresden wartete er fröstelnd auf den Bus. Am Himmel hingen schwarze, selbstbewußte Wolken. »Wie die Affen!« murmelte Dr. Jäckel und atmete gierig. »Wenn ich bloß mal richtig pennen könnte!« dachte er augenzuckend – da stellte sich diese kleine Frau hinter ihn.

»Gudn Daach!« grüßte die kleine Frau freundlich. »Tach!« brummte Dr. Jäckel und machte einen beleidigten Mund. Diese Frau! Sofort mußte sie eine Schlange hinter ihm bilden! Merkwürdige Frauen waren die Frauen manchmal!

Gleich darauf kam eine große Frau und stellte sich hinter die kleine Frau. »Gudn Daach!« rief die große Frau freundlich. »Gudn Daach!« sagte die kleine Frau freundlich. »Tach!« brummte Dr. Jäkkel und verfluchte die sächsischen Menschen mit ihrer hemmungslosen Grüßerei. »Trotzdem bin ich der erste in eurer idiotischen Dreipersonenschlange, ihr alten Schrippen!« dachte Dr. Jäckel böse.

»Ich wollde ja ärscht mit dor Bahn fahrn!« sagte die Große vorsichtig in Dr. Jäckels böse Gedanken hinein. Dr. Jäckel kniff die Lippen zusammen und starrte geradeaus. »Ich wollde ja ärscht mit dor Bahn fahrn!« dachte er nervös und zuckte mit dem rechten Auge, wobei ihm die intellektuelle Physiognomie einiger historischer Dramenfiguren kochendheiß durch den Kopf schoß.

»Ach, rutscht mir doch den Buckel runter!« dachte Dr. Jäckel, da sagte die große Frau entschlossen: »Aber nu fahrsch mitn Bus!« worauf die kleine Frau ihr sofort antwortete: »Immer so, wies am bestn geht, nuwor, meine Dame?« – »Nu frailich!« erwiderte die Große erfreut, und die Kleine stellte mit innigem Lächeln fest: »Mitn Bus is ä angenehmes Fahrn!« – »Nu frailich, ich fahr gerne mitn Bus«, sagte die Große und blickte fragend auf Dr. Jäckel. Dr. Jäckel zuckte mit dem rechten Auge. Abweisend blies er die Nasenlöcher auf und dachte krampfig an die intellektuelle Physiognomie einiger historischer Dramenfiguren. »Mitn Bus is mor nämlich schnell zu Hause«, verkündete die Kleine. – »Fast noch schneller als mit dor Bahn«, stimmte ihr die Große zu. – »Ja«, sagte die Kleine, »mitn Bus gehts schnell!« – »Trotzdem«, erklärte die Große glücklich, »fahrsch ooch gerne mit dor Bahn!« – »Früher hat mor ja nur mit dor Bahn fahrn könn«, stellte die Kleine ernst fest. – »Ich finds angenehmer, wenn mor wähln gann«, sagte die Große. – »Nu glor«, antwortete die Kleine und nickte nachdenklich. »Herrje«, sagte sie verwundert, »ganz früher gabs überhaupt noch geene Busse!«

Dr. Jäckel wollte sich gerade auch wundern, da kam der Bus. Die Große setzte sich breit an die Tür und stellte ihre Taschen vor sich hin. Nachdem er bezahlt hatte, mußte Dr. Jäckel über die Taschen der Großen steigen. Wie ein Affe! »Mor sätztsch ähmd immer gern ä bissl an dä Diere, damit mors ni so weit mitn Aussteichn hat!« verkündete die Große strahlend. Dr. Jäckel nickte widerwillig. Anfangs rumorte noch die intellektuelle Physiognomie einiger historischer Dramenfiguren in ihm, aber schon als der Bus über die Elbbrücke rollte, überließ er sich wie hypnotisiert den leise gackernden Stimmen der beiden Frauen. »Wenn dor Bus ni gegomm wäre, wärsch mit dor Bahn gefahrn«, erläuterte die Große soeben. »Dor Bus fällt eichentlich seldn aus«, erwiderte die Kleine gütig. – »Ich bin froh, dassor heude ni ausgefalln is«, sagte die Große. – »Wennor ausgefalln wäre, wärsch ooch mit dor Bahn gefahrn«, gestand die Kleine. – »Aber nu issor ja gegomm«, sagte die Große. – »Weilor meisdens gommt«, erwiderte die Kleine. – »Bus oder Bahn – 's gommt offs selbe raus, nuwor, meine Dame?« sagte die Große melancholisch. – »Sie sachns!« stimmte ihr die Kleine gerührt zu. »Außerdem gann mor ja wähln. Mor muß ja ni mitn Bus fahrn!« – »Nee, mor gann ooch mit dor Bahn fahrn«, erwiderte die Große.

Dr. Jäckel nickte. »Das tut gut!« dachte er, und sein Puls wurde wunderbar langsam. So langsam hatte dieser Puls ewig nicht mehr geklopft!

»Fahrn Sie öfder mitn Bus?« fragte die Große die Kleine. – »Ja, aber früher binsch ooch oft mit dor Bahn gefahrn, meine Dame«, antwortete die Kleine. Die Große nickte nachdenklich. »Früher fuhrn die Busse ooch seldner«, sagte sie. – »Ja, da wars braktischer mit dor Bahn«, sagte die Kleine.

Dr. Jäckel saß über der Heizung und lauschte zufrieden. Draußen begann es, naß zu schneien. Der Bus brummte gutmütig. Glücklich gähnte Dr. Jäckel.

»Ä bequämes Fahrn isses mitn Buss«, sagte die Große. Dr. Jäckel nickte hingerissen. »Ja, mor steicht ein, und wenn mor aussteicht, is mor zu Hause«, sagte die Kleine. – »Ich bin eichentlich eher von dor Bahn aus zu Hause«, erklärte die Große ernst und fügte großmütig hinzu: »Abor das is ja ni weider schlimm!« – »Dann isses freilich braktischer für Sie mit dor Bahn«, stellte die Kleine fest. – »Nu ja, aber manchmal fahrsch ähmd ooch gerne mitn Bus«, gestand die Große bescheiden. – »Mor fährt ähmd mit beidn gut, nurwor, meine Dame?« sagte die Kleine liebevoll. – »Sie sachns!« erwiderte die Große zärtlich und erklärte den an der Haltestelle über ihre Taschen kletternden Fahrgästen mit hoher, freundlicher Stimme: »Mor sätztsch ähmd immer gern ä bissl an dä Diere, damit mors ni so weit mitn Aussteichn hat, nuwor?«

»Nu frailich!« riefen die Einsteigenden gemütlich. Dr. Jäckel aber faltete dankbar die Hände und vernahm begeistert, daß die Große, obwohl sie erst mit der Bahn fahren wollte und nun mit dem Bus fuhr, es nicht bereue, mit dem Bus zu fahren, wenn sie auch gern mit der Bahn fahre, worauf die Kleine freimütig erklärte, daß sie zwar gern mit dem Bus fahre, weil es ein angenehmes Fahren mit dem Bus sei, daß sie natürlich aber auch mit der Bahn gefahren wäre, wenn sie nicht den Bus genommen hätte.

»Das ist wunderwunderschön!« dachte Dr. Jäckel und lauschte ergriffen, und die intellektuelle Physiognomie einiger historischer Dramenfiguren zog mit leisem, jämmerlichen Jaulen ihren eitlen Schwanz ein, um sich endgültig zu verkrümeln. Behaglich streckten sich die kleinen grauen Zellen in Dr. Jäckels wundem Kopf, unkomplizierte Busse und Bahnen begannen einschläfernd zu gackern, und Dr. Jäckel, Dramaturg, spürte, wie's gut tat dort oben, wie alles zur Ruhe kam, wie sich die Knoten entknoteten und wie sich etwas langlegte, um ein bißchen mit den müden Beinen zu strampeln und sich wohl zu fühlen.

»Mitn Bus is ä angenehmes Fahrn!« dachte Dr. Jäckel voller Behagen, lauschte selig und fühlte, wie die Heizungswärme in seinen Hosenbeinen hochkroch. Der Schneeregen klatschte gegen die Scheiben, Wald war draußen und Heimat.

»Gut, daß mor in' Bus sitzn!« hörte Dr. Jäckel die Kleine noch weit, weit weg sagen, und dann hörte er noch viel weiter die zufriedene Stimme der Großen antworten: »Mit dor Bahn wärn mor ooch ni eher zu Hause, nuwor, meine Dame?«, und da versank der kindlich lächelnde Dr. Jäckel – seit Wochen zum ersten Mal wieder – in einen äußerst angenehmen Halbschlaf, in welchem die beiden gütigen Frauenstimmen immerzu leise in seine großen Ohren hineintuckerten: lauter kleine Busse und Bahnen; lauter klitzekleine, glücklichmachende, nervenberuhigende, einschläfernde Busse und Bahnen ...

Johannes Conrad (geboren 1929 in Radeberg, gestorben 2005 in Berlin) war einer der wichtigsten Autoren des Satiremagazins »Eulenspiegel«. Er wurde auch der »Woody Allen des DDR-Humors« genannt.

Jürgen Hart

Sing, mei Sachse, sing

Der Sachse liebt das Reisen sehr. Nu nee, ni das in'n Gnochen;
  drum fährt er gerne hin und her in sein'n drei Urlaubswochen.
  Bis nunder nach Bulgarchen dud er die Welt beschnarchen.

Un sin de Goffer noch so schwer, und sin se voll, de Züche,
  und isses Essen nich weit her: Des gennt er zur Genüche!
  Der Sachse dud nich gnietschen, der Sachse singt 'n Liedschen!

Sing, mei Sachse, sing! Es ist en eichen Ding.
  Und ooch a düchtches Glück um d'n Zauber der Musik.
  Schon des gleenste Lied, des leecht sich off's Gemüt.
  Und macht dich oochenblicklich
  – Zufrieden
  – Ruhig
  – Und glücklich!

Der Sachse liebt den satten Saund, den Ton, wenn Geichen röhren.

 Ob Opernhaus, ob Untergraund: Er strahlt, das muß er hören!

 Und schluchzt der Geichenbogen, denn gricht er feuchte Oochen.

Der Sachse schmilzt eb'n leicht dahin off des Gesanges Fliecheln.

 Doch eh' die Träne tropfen kinn, da weiß er sich zu ziecheln!

 Der Sachse dud nich wein'n, der Sachse stimmt mit ein!

Sing, mei Sachse, sing ...

Der Sachse is der Welt bekannt als braver Erdenbircher,

 und fährt er ringsum durch es Land, dann macht er geenen Ärcher.

 Dann braucht er seine Ruhe und ausgelatschte Schuhe.

Doch gommt der Sachse nach Berlin, da gönn 'se ihn nich leiden.

 Da wolln s'ihm eene drieberziehn, da wolln se mit ihm streiten!

Und dud ma'n ooch verscheißern, sein Liedschen singt er eisern!

Sing, mei Sachse, sing! Es ist en eichen Ding ...

Jürgen Hart, geboren 1942 in Treuen/Vogtland, gestorben 2002 in Leipzig, leitete von 1970 bis 1975 das Poetische Theater in Leipzig und von 1976 bis 1990 das Leipziger Kabarett »academixer«. Die Melodie zum Hit »Sing, mei Sachse, sing« stammt von Arndt Bause (1936–2003).

Michael Schmirler

»Der Keilberg ist am steilsten«

Die komischen Verse des verkannten
Erzgebirgs-Poeten Arthur Schramm

Der Schriftsteller, Publizist und Buchhändler Klaus
Walther hat Arthur Schramm 2002 augenzwin-
kernd zu den »Hundert sächsischen Köpfen« ge-
zählt – neben Dichtern wie Paul Fleming, Christian
Fürchtegott Gellert, Theodor Körner und Novalis,
aber auch neben Schriftstellern wie Hedwig
Courths-Mahler und Karl May. Schramm selbst
hat sich stets höher eingeschätzt: »Goethe, Schiller,
Arthur Schramm, sind die Besten, die wir ham.«

Mit diesem Anspruch ging er weit über die
Selbsteinschätzung von Friederike Kempner hinaus,
die im 19. Jahrhundert in ihrer Lyrik das an un-
freiwilliger Komik bot, was man auch ihrem geisti-
gen Urenkel in unserer Zeit nachsagt. Der 1895 in
Annaberg geborene Posamentenhändler wollte jedenfalls hoch hinaus – nicht nur als Autor, sondern
auch als Erfinder. Auf beiden Feldern war er erfolg-
los, auch wenn er es zum Mitglied der NS-Reichs-
schrifttumskammer brachte. Damals himmelte er
zum Dank Adolf Hitler an:

»Der Führer ist ein großer Mann,
ich streng mich gerne für ihn an.«
Ob er diesen Vers wirklich geschrieben hat, weiß niemand. Das gilt für viele Sprüche, die von ihm stammen sollen und die ihn auch jenseits des Erzgebirgs populär gemacht haben. Zwar hat er seit den fünfziger Jahren seine gerahmten Gedichte selbst verkauft, weil sie niemand verlegen wollte, aber ob darunter auch die Zeilen sind, die immer wieder für Erheiterung sorgen, läßt sich nicht mehr ermitteln:

»Der Pöhlberg ist steil. Schi heil!
Der Fichtelberg ist steiler, Schi heiler!
Der Keilberg ist am steilsten. Schi heilsten!«

Nach 1945 wollte sich der verkannte Poet, den nicht wenige wegen der ihm zugeschriebenen Sprüche für eine Witzfigur halten, mit den neuen Machthabern ebensogut stellen wie mit den alten. Stammt aus seiner Feder deshalb folgender Vers?

»Sommer, Sonne, Wellenpracht,
Badehose, Sowjetmacht.«

Glaubwürdiger wirkt da schon der Zweizeiler, der seine Geburtsstadt besingt, in der er 1994 im Alter von 98 Jahren gestorben ist und der er auch anspruchsvollere Texte gewidmet hat:

»Mei Annaberg, ich hab dich gern,
lieber noch als manche Deern!«

Klaus Walther hat sein Schramm-Porträt in dem Buch »Hundert Sächsische Köpfe« »Ein Leben voller Tragik und Komik« überschrieben. »Nun, ein Dichter war er nie«, heißt es da. Aber zitiert werden die ebenso seltsamen wie drolligen Sprüche, die mit seinem Namen verbunden sind, im Erzgebirge bis heute – häufiger als die Gedichte von Fleming, Gellert, Körner und Novalis:

»Im Wald da steht ein Ofenrohr.

Stellt Euch mal die Hitze vor.«

Michael Schmirler, geboren 1936, stammt aus einer vogtländischen Familie, die bis Ende des 19. Jahrhunderts das Privileg hatte, in der Weißen Elster nach Süßwasserperlen zu suchen. Nach dem Studium in Jena, West-Berlin und Köln wurde er zunächst Journalist und dann Verleger. Heute lebte er abwechselnd in Stuttgart und Leipzig.

Rechtenachweis

Johannes Conrad: Mitn Bus is ä angenehmes Fahrn! Aus: J.
C., Schauspielerleben, Berlin 1997 © Eulenspiegel, Das
Neue Berlin Verlags GmbH & Co KG

Rüdiger Fikentscher: Aus Horch wurde Audi, aus: R. F.,
Zwischen König und Bebel, Stuttgart/Leipzig 2006 © Hohenheim Verlag GmbH

Ulrich Frank-Planitz: Der »Hanswurst« der Neuberin und
Büchners »Woyzeck«, aus U. F.-P. (Hrsg.), Kleine Geschichten aus Leipzig, Stuttgart 1997 © Engelhorn Verlag GmbH

Jürgen Hart: Sing, mei Sachse, sing, Leipzig 1979 © Katrin
Hart

Gerhart Hauptmann: Der Untergang Dresdens, aus: G. H.,
Das gesammelte Werk, Berlin 1962-1973 © Ullstein Verlag
GmbH

Stefan Heym: Die Republik Schwarzenberg, aus: S. H.,
Schwarzenberg, Roman, Berlin 1984 © C. Bertelsmann
Verlag

Erich Kästner: Die Entwicklung der Menschheit, Sachliche
Romanze, Der dreizehnte Monat, Sächsische Sonette, aus:
E. K., Gesammelte Schriften, Zürich 1959 © Atrium Verlag,
Zürich, und Thomas Kästner

Erich Kästner: Märchen-Hauptstadt, aus: E. K., Gemischte
Gefühle, Berlin 1989 © Atrium Verlag, Zürich, und Thomas Kästner

Klaus Keßler: Der Prinzenraub, aus: Bernhard Vogels Thüringer Kaleidoskop, Stuttgart/Leipzig 2007 © Hohenheim Verlag GmbH

Tom Pauls/Peter Ufer: Ilse Bähnert und der »Gobb des Führers«, Ilse Bähnert und Hitlers Halbschwester, Ilse Bähnert
und der »Hairhotwindshower«, aus: T. P./ P. U., Das wahre